身重の花嫁は一途に愛を乞う

ケイトリン・クルーズ 作

悠木美桜 訳

ハーレクイン・ロマンス

東京・ロンドン・トロント・パリ・ニューヨーク・アムステルダム
ハンブルク・ストックホルム・ミラノ・シドニー・マドリッド・ワルシャワ
ブダペスト・リオデジャネイロ・ルクセンブルク・フリブール・ムンバイ

PREGNANT PRINCESS BRIDE

by Caitlin Crews

Published by Harlequin Japan,
a Division of K.K. HarperCollins Japan, 2025

ケイトリン・クルーズ

ニューヨークシティ近郊で育つ。12 歳のときに読んだ、海賊が主人公の物語がきっかけでロマンス小説に傾倒しはじめた。10 代で初めて訪れたロンドンにたちまち恋をし、その後は世界各地を旅して回った。プラハやアテネ、ローマ、ハワイなど、エキゾチックな地を舞台に描きたいと語る。

主要登場人物

カルリッツ・デ・ラス・ソセガダス……ラス・ソセガダスの王女。
エミリア……カルリッツの姉。ラス・ソセガダスの女王。愛称ミラ。
ヴァレンティノ・ボナパルト……実業家。
ミロ・ボナパルト……ヴァレンティノの父。
アリスティド……ヴァレンティノの異母弟。
ジネーヴラ……ミロの家の家政婦。アリスティドの母。
フランチェスカ・カンポ……ヴァレンティノの婚約者。

1

カルリッツ王女はこれまで結婚式に出席したことが一度もなかった。

なんらかの信念があってそうしていたわけではなく、常日頃より数えきれないほどの招待状が舞いこんでいたからだ。どの結婚式に出席するかに頭を悩ませるのは時間の無駄遣いに思えた。

今回は違った。

彼女の人生は、今日この結婚式で自分がなすべきことを実行に移せるかどうかにかかっていた。そして、もしそのことを誰かに言おうものなら、頭がおかしいと一蹴されるのがおちだった。

だが、それが真実であることに変わりはない。この結婚式は紛れもなく、王女の人生における転機と言ってよかった。これをいい思い出にするか、深く悲しい思い出にするかは彼女次第だが、いずれにせよ、王女はわかっていた。自分がその結果を永遠に抱え続けることを。

「プレッシャーなんて感じない」カルリッツ王女は自嘲めいたつぶやきをもらしながら、マリーナ・ディ・ピサで調達した小さな流線型のボートに乗りこんだ。その港は、ピサの斜塔で有名な街から十キロほど離れた、アルノ川の河口にあった。

カルリッツは今回の計画をパズルのように考えていた。昔からパズルが好きだった。そしてどうすれば警備の厳重な私有の島に入りこみ、この一年で最も盛大なイベントに参加できるか、並々ならぬ集中力を持って細部に至るまで検討を重ねた。そもそも自分がなぜこんなにも無謀かつ愚かなことをするのかという疑問も含めて。

とはいえ、カルリッツの最大の目的は、友人たちからは〝ヴェイル〟と呼ばれることもあるヴァレンティノ・ボナパルトの謎を解き明かすことだった。

ボートを確保するのは簡単だった。彼女は王女で、イタリアの海辺の住人は、あらゆる観光客、とりわけ金持ちの観光客を厚くもてなすからだ。とりわけこんなすてきな夏の日には。

ヴァレンティノの一族が代々自分たちのものだと主張してきた小さな島は、アンチョビ漁で有名なカプライア島と、フランスから追放されたナポレオンが十カ月間住んでいたことで知られるエルバ島の間のどこかにあるはずだった。

ほどなく、カルリッツは波を切り裂くボートの上で、髪をシルクのスカーフで丁寧に包んで潮風に身を委ねた。どんな犠牲を払おうと、なすべきことをなすという不退転の決意を胸に秘めて。

ヴァレンティノが彼女の思いに報いることはないことはわかっていたが、今この瞬間はどうでもよかった。

彼の一族は、自分たちはナポレオンの直系の子孫だと主張するが、誰も本気にしていない。カルリッツはあるパーティで、ボナパルト家の最初の人物は想像力豊かな山羊飼いだと思っている、とヴァレンティノが言うのを聞いたことがある。彼の一族の島には、山羊と野生の夾竹桃《きょうちくとう》、そして三方にある城――それしかなかった。そのうちの一つは、ヴァレンティノと異母弟アリスティドを育てあげた、悪名高きミロ・ボナパルトのものだった。同い年の彼らが十八歳になったとき、ミロは自分の住む半島を除いて島全体を二つに分けてそれぞれを息子たちに与えたあとで、自分が死んだらどちらが半島を相続する資格があるか証明するよう息子たちを競わせた。どちらがより大きな相続財産にあずかるか。

二人の息子はそれぞれ自分の土地に壮大な城を建

てた。かつては親友だった彼らが今では敵対関係にあることは広く知られていた。相続争いが原因だと見なす者もいたが、二人とも自力で莫大《ばくだい》な資産を築いているため、説得力に乏しかった。

しかし、ヴァレンティノが何年も葛藤を抱えたまま、それに前向きに対処しようとしていないことを、カルリッツはよく知っていた。彼は自分の不幸を歓迎しているようにさえ見えた。それこそが私がこうして常識外れの行動に出た理由だと、ボートが着岸したときに彼女は自分に言い聞かせた。加えて、自分の惨めな現状に甘んじるつもりはないという強い決意があった。

カルリッツは部下たちの手を借りて下船した。まずは結婚式の会場を見つけなければならなかった。

さして大きな島ではないが、三つに分けるだけの広さは充分にあり、それぞれの領分に独自の城を持つだけのスペースがあった。


間違った場所に行ってしまう可能性は充分にある。私有の島にタクシーが走っているはずもない。

実のところ、カルリッツはそこまで考えていなかった。もし父親が生きていたら、間違いなく彼女の無謀さに絶望しただろう。もっとも、カルリッツが修道院に閉じこもり、神に身を捧《ささ》げる生活を送ったとしても、父親は打ちひしがれたに違いない。

もちろん、カルリッツは修道院に入ったりはしなかった。彼女はその代わり、父の死後、真面目な姉が王位に就き、母がひたすら父を偲《しの》んで神殿にかしずくのを横目に見ながら、自分の好きなことをしていた。

なぜなら、それこそが相続人でない者の特権だったからだ。

カルリッツは一族で初めて大学に進学した。しかもイギリスの大学で平民と一緒に学んだ。美術の学位を取得して卒業すると、彼女はボヘミアン的なライフスタイルを始めたが、すぐに王族として生きてきた自分には合わないし、周囲も真剣には受け止めてくれないことに気づいた。好きなだけ絵を描くことができたが、彼女の作品を見ても、誰もが王族のお遊びとしてしか見てくれなかった。

あるいは、カルリッツは自分自身をだましていたのかもしれない。自分には才能がある、と。すべて姉のおかげであるにもかかわらず。

いずれにせよ、カルリッツは姉のミラ――エミリア女王を困惑させていた。〝王冠の棘《とげ》〟になることが私の最も厳粛な義務だと言って。

〝好きなようにしたらいいわ〟姉は、自分の地位に見合わない気さくな態度で応じた。姉はいつも冷静だった。〝ただ、あなたのスキャンダルが恥ずかしいものではなく、楽しいものであってほしいとお願いするだけ〟

カルリッツは約束し、そして守り続けた。

そんなわけで彼女は小さな王国から飛び出し、スペインの温暖なビーチからきらびやかな別荘やヨットが集まるコートダジュール、スイスのいくつものスキー場など、ヨーロッパ各地を旅してまわった。さらにはロサンゼルスの椰子《やし》の木の並木道を巡り歩き、ミステリアスなマリブ渓谷に身を潜めて、心の平穏とビーガン料理に浸る日々を過ごした。

〝あなたの姉さんは妹を甘やかしすぎだわ〟

母親は陰鬱な顔をしてそう言った。あれはたしか、カルリッツが最初のパリ暮らしを始めた頃か、あるいは二度目のミラノ暮らしを始めた頃のことだ。記憶は定かではない。毎日のように朝までパーティに明け暮れていたからだ。

〝でも、遅かれ早かれ、あなたも王室になんらかの形で貢献しなくてはならないのよ〟

〝ええ、お母さま、私は人生を充分に楽しんでいる。そして、ミラを笑わせることで王室に貢献していると思っています〟

〝あなたはいい結婚をしなければなりません〟母親は首を振りながらぴしゃりと言った。初期のキリスト教の殉教者のような雰囲気を漂わせて。〝エミリアにはまだ子供がいない。それが何を意味するのか、あなただってわかっているはずよ。あなたには責任があるのよ、カルリッツ、好むと好まざるとにかかわらず〟

カルリッツは責任を感じていないわけではなかった。ときに、責任があったほうがずっといいと思うこともあった。けれど、彼女には根無し草のような性向がまつわりついていた。それは父親がよく指摘していたような無謀さではなく、一種の憧れだった。それがすべてにわたって影響を及ぼしていた。

彼女は屈託のない笑い、機知に富んだコメント、パーティ会場を爆笑の渦に巻きこむ完璧なスピーチが得意だった。そして、険悪な雰囲気を一変させるのもお手のものだ。こだわりや執着心のない性格だからこそ、そういうことをうまくやれるのだと、カルリッツは信じていた。

だが、それらの能力が周囲から高く評価されることはなく、ただ単にパーティの余興の一種にすぎないと見なされていた。予備のプリンセスの仕事はできる限りすべてのパーティを盛り上げることだとカルリッツは考えていたが、どうやら余興だけでは充分ではないようだった。

カルリッツは、自分にできることは何か、漠然と考えていた。まだ魅力的なアイデアは湧いてこないが、客をただ楽しませるだけではなく、もっと役に立つ何かがあるはずだと。

それに、母がふさわしいと思うような夫を急いで見つけるつもりはないが、自由できらきらした独身生活に少し飽きてきたことは認めざるをえなかった。これといった人生の目的はないけれど、金と暇はある者の典型的な慰めとして、友人は慈善活動を勧めた。少なくともそれは人々の好感度を高めるに違いない。

しかしカルリッツは、慈善活動に携わるうちに、自分はそれが好きなのだと気づいた。彼女は国内外で身寄りのない子供たちのために働き、人生で初めて、華やかだけれど場当たり的な人生ではなく、目的のある人生を生きることの意味を垣間見た。

幸か不幸か、その直後にヴァレンティノと出会ってしまったのだ。

海岸沿いの岩場をのぼっていたカルリッツはふいに足を止め、大きく息を吐いた。彼のことを考えただけで、いつものように、周囲の空気の温度と体温が急激に上がったからだ。

初めて目が合った瞬間からそうだった。そして、互いに心を通じ合わせ、抱きしめ合った。

あれはローマで催された慈善晩餐会《ばんさんかい》でのこと。穏やかな夜で、宴会は屋外の遺跡を利用して行われ、木々にちりばめられた照明の下、すべてが暖色の明るい光に包まれていた。彼以外はすべて。

ヴァレンティノは息をのむほど美しかった。濃い黒髪に、険しいながらセクシーな口元。霞《かすみ》がかった青空のような瞳がブロンズ色の肌に映えて、うっとりするような効果を醸し出している。

それでいて、容姿からは非情さがにじみ出ていた。ぴしっと鼻筋の通った鼻、頬骨の鋭い切れこみ、極上のスーツの上からでもわかるアスリートのような力強く引き締まった体……。

カルリッツは、まるで彼に腕をまわされて引き寄せられたかのような感覚に襲われた。

実際にそうしてくれたらいいのに……。

カルリッツは赤いドレスを着ていた。その色は彼女が感じているものを体現していた。全身を燃え上がらせて焼きつくし、生まれ変わらせる情熱を。

そして、目が合った次の瞬間、カルリッツは彼の腕の中にいた。まるでテレポートでもしたかのように。運命をつかさどる神に、混雑したイベント会場の端から、ごった返すダンスフロアの中央へと放り投げられたかのように。

もちろん、そんなことはありえない。どちらかが相手のほうにすばやく動いたに違いない。なんらかの理解やコミュニケーションがあったはずだが、カルリッツが覚えているのは、彼の焼けつくような視線だけだった。

いまだにそれを感じることができた。というより、いつもそれを感じていた。彼の腕の中にいるときの陶酔感と苦しみも。

二人は言葉を交わさなかった。あまりに激しく、あまりに圧倒的だった。

そしてカルリッツは、それが自分の頭の中だけで起きているのではないことを知っていた。彼女はそのような空想にふけることはなかったし、彼の顔には明らかに驚きの表情がくっきりと浮かんでいたからだ。さらに言うなら、自分の中にも同じような驚きと警戒心が渦を巻いていたからだ。

こんなことは現実にはありえない。一目ぼれなど小説の中だけの話だと、誰もが知っている。

けれど、彼は言った。〝きみの名前を教えてほしい〟

とたんに、カルリッツは身を震わせた。彼の声が体の奥深くに忍びこみ、内側から蹂躙《じゅうりん》しているように思えたからだ。その目が首筋を伝ってむき出しの肩に広がる鳥肌をなぞると、彼女は再び震えた。

カルリッツはどうにか応じた。〝ラス・ソセガダス王国の王女、カルリッツよ〟

〝僕はヴァレンティノ〟

後日、カルリッツは彼の言葉を分析したくなった。彼が姓を言わなかったことに疑念を抱いたからだ。

しかし、あの瞬間は二人ともお互いに夢中だった。もう少し分別を持っていたら、とあとになって何度思ったことか。

ダンスが終わってヴァレンティノが彼女をダンスフロアの外へといざなったとき、二人は息もろくにできないほどの興奮状態にあった。

カルリッツはそのときの彼の驚愕《きょうがく》に満ちた表情を今も鮮やかに覚えている。それと同じ驚きの火花が自分の中で弾《はじ》けたことも。その後、パーティの間ずっとヴァレンティノは彼女に寄り添っていた。二人の素性を考えれば、大騒ぎになるのは必至だったが、案に相違してそのことに言及する者はいなかった。

彼女からすれば、二人の間で爆発が生じたことは疑いようがなかった。あからさまに官能的で、ありえないほど情欲的な爆発が。そして、それはまったく正しい反応のように思えた。

二人が遺跡の外にたどり着くなり、ヴァレンティノは彼女をいちばん近い壁の残骸に押しつけ、その目をのぞきこんだ。

〝カルリッツ〟彼はかすれた声で言った。その名を口にすること自体が苦痛であるかのように。〝こんなのは僕じゃない〟

カルリッツは何も言わなかった。彼の視線の激しさに、息をするのもままならなかった。自分の知っている世界からまったく別の世界に滑り落ちてしまったような感覚。逃げ場はなく、戻ることもできない。これがなんであれ、もはや修正はきかないとわかっていた。

この重い雰囲気を少しでも軽くするような気のきいた話もできない。だから、カルリッツは得体の知れない衝動に従い、両手を上げて彼の美しい顔の鋭い輪郭をなぞった。触れた瞬間、彼の熱が咆哮《ほうこう》となって彼女の全身を揺るがした。

カルリッツが指をヴァレンティノの物欲しそうな口へと移すと、彼は唇を開き、その恐ろしくすばらしい感触と熱で彼女の指を包みこんだ。

そのとき、カルリッツは自分自身について学んだ。暗く魔法めいたものを。

一つずつ名前を挙げるには多すぎるものが一度に彼女の中に流れこみ、そのすべてが熱と驚き、憧れと欲望のレッスンだった。

彼の手がうなじに伸び、カルリッツを抱きしめた。キスをするつもりだ、と彼女は悟った。なぜか私はこれを待ちわびていた気がする……。

そしてヴァレンティノが顔を寄せて唇を重ねたとたん、カルリッツは確信した。私はずっとこのキスを待っていたのだと。

そのとき、カルリッツは確かに生まれ変わった。

彼は不思議なキスをした。舌を動かすたびに、自分の名を彼女の心に深く刻みこむような。彼女も同じようにキスを返し、熱と驚嘆は最高潮に達した。

ヴァレンティノが身を引いたとき、二人は共に身を震わせていた。

カルリッツが彼を見つめ、欲求不満によるいらだちをあらわにすると、彼は一歩下がった。そして目をぎゅっと閉じて両手で顔をこすり、純粋な苦悩としか言いようのない声をあげた。

短剣で深く突き刺されたかのように、その声はカルリッツの腹部に突き刺さった。

〝これがなんであれ、こんなことは起こりえない〟ヴァレンティノが言った。

カルリッツは小さなため息をついた。〝でも、もうそうなっているんじゃないかしら〟

〝こんなことは起こりえない〟彼は繰り返し、暗いまなざしを彼女に注いだ。〝こんなことは起こってはならない〟

彼がどうして急に態度を変えて立ち去ったのか、

カルリッツには理解できなかった。今日に至るまで。まるで白昼夢を見ているようだった。

カルリッツは彼を追いかけなかった。というより、できなかった。壁にしがみつき、その場にとどまっていた。壁がなければ、この惑星から転げ落ち、永遠に無数の星々の中をさまよい続けてしまうかのように。

しかしやがて、カルリッツは再び自らの足で立てるようになった。そして元の生活に戻った。

カルリッツは、生け垣を抜けて明るい小道に出たとき、そのことを思い出した。そこには着飾った美しい人たちが大勢いて、誰もが丘のふもとにひっそりとたたずむ小さな礼拝堂に向かっている。反対側の丘の上には壮麗な豪邸が立っていた。

彼女はできるだけ控えめに行列に紛れこんだ。丘のふもとの礼拝堂からは、今しがた渡ってきたばかりの海が見渡せる。結婚式を挙げるにはすてきな場所だ、とカルリッツは思った。そして、その第三者的で冷静な感想を抱いている自分を褒めた。丘の上の豪邸には、礼拝堂に向かう行列を見下ろせる窓のある部屋がある。

カルリッツはふと思った。彼はそこにいて、別の女性と結婚する準備をしているのではないか、と。

そこで、彼女は足を止め、ちらりと顔を上げた。それからスカーフで精いっぱい顔を覆ってから、うつむき加減で歩きだした。今はまだ、気づかれたくなかったからだ。

この三年間、彼女はヴァレンティノ・ボナパルトを追いかけ続けた。パパラッチさながらに。彼はカルリッツを完全に避けることはできなかったが、二度と彼女に触れなかった。それでも、二人の視線がぶつかるたびに火花が散り、そのことでヴァレンティノは彼女を憎んでいるように見えた。あるいは、そのことに対する彼女のこだわりが透けて見えるのがいやだったのかもしれない。

　カルリッツは、どちらかと言えば、自分は憎まれるほうではなく、憎むほうだと思った。あの夜、立ち去ったのは彼のほうなのだから。まるでこの世にカルリッツ以外の女性は存在しないかのように、彼女なしでは生きていけないかのように、熱烈なキスをしたあとで。

　だから、カルリッツは二年かけて、ヴァレンティノとの関係をヨーロッパ最大のスキャンダルに仕立てたのだ。そのために必要だったのは、タブロイド紙へのささやきと、別のタブロイド紙への匿名の密告だけだった。彼が訪れた場所から自分が立ち去るところを必ず目撃されるようにした。いかにもカメラを警戒しているように装って。

　結局のところ、憶測のほうが単なる事実より人々の興味を引きやすいのだ。

　ほどなくヴァレンティノは、高潔で非の打ちどころがない女相続人との婚約を発表した。

　その日のことをカルリッツは思い出したくなかった。暗い日だった。

　姉でさえ、同情と尽きぬ心配から電話をかけてきた。とはいえ、ミラが妹のことを心配していたのは、妹が自暴自棄になって無謀な行動に走らないかということで、心の状態についてはたいして心配していないことを、カルリッツは知っていた。

　カルリッツは自分の本当の心の状態については誰にも話さなかった。

　今回もまた、誰もが、彼女は物事をじっくり考えてはいなかった。誰もが、彼女とヴァレンティノは男女の関係にあると信じていた。カルリッツは慈善活動ではなく、弾けぶりで知られていたため、世間はヴァレンティノの肩を持ち、控えめながらもカルリッツに非難の目を注いでいた。

　彼女は楽しいゲームをしているつもりでいた。少なくともヴァレンティノの目を自分に向けさせるきっかけになるだろうと。

けれど、彼ははねつけた。

そのため、ヴァレンティノの婚約が決まるまで彼と会うことはなかった。再会の場は、ある国の王族の誕生日パーティが開かれた高級クラブだった。たまたま二人とも招かれていたのだ。あるいは、そのクラブはヴァレンティノが所有しているクラブだったのかもしれない。排他的で、その存在さえほとんど知られていないような。

そのときはダンスはなかった。ヴァレンティノは愛らしい婚約者を同伴していて、絶対にスキャンダルを引き起こすまいと覚悟を決めているのは明らかだった。

それでも、カルリッツの悪ふざけのせいで、そのパーティで顔を合わせた二人は注目の的となった。ヴァレンティノは、その淡い青空のような瞳に嵐を宿し、顔に怒気をにじませて言った。

〝きみが満足していることを願うよ〟

〝あなたはきっと自分自身に満足しているんでしょうね〟カルリッツはそっけなくほほ笑みながら返した。〝あなたの幸せを心から祝福するわ、ヴァレンティノ〟

彼の名前を口にすると、カルリッツはその響きが自分の骨の髄まで震わせるのを感じた。

ヴァレンティノの目の中の嵐はますます激しさを増した。〝僕はきみになんの義務も負っていない。あのとき言ったはずだ。これがなんであれ、こんなことは起こりえない、と〟

〝何を言っているのか、私にはわからない〟カルリッツの声にはあまりにも多くの感情がこもっていた。彼女はそれを自覚していたが、内に秘めておくことはできなかった。

〝僕たちは出会うべきではなかった〟ヴァレンティ

ノはそう言い残して立ち去った。

翌日、カルリッツはタブロイドに載った写真と記事を喧伝《けんでん》するために、あえて行動を起こす必要はなかった。紙面は二人の緊迫した出会いについての憶測記事で埋めつくされた。

彼らの失われた愛について。

カルリッツが自らつくり出したこの耐えがたい状況について。

彼女と同じように感じながらも、それを受け入れようとしなかった男性について。

カルリッツは彼のことを乗り越えようと決意した。雷に打たれたような衝撃的な出会いを忘れて前に進もうと。

なのに、彼女はもう一度ヴァレンティノに会った。

本来、カルリッツはそこにいるはずではなかった。

詳しいことはほとんど思い出せないが、その催しがイギリスのどこかのさびれた城で行われたことだけは覚えていた。その城は入念に改修されてはいたが、人里離れた荒涼とした地にぽつんと立っていた。船の行き来がほとんどない荒海の岩場に立つ灯台のように。

カルリッツは前夜、疲れ果てた体でここにやってきた。かつては楽しいと感じた型破りの活動に文字どおり熱中したあとで。彼女はヴァレンティノ・ボナパルトのことを忘れるために太平洋の島々からリオデジャネイロ、バルセロナまで、夢中で旅をしていた。体は砂まみれで塩辛く、音楽の聴きすぎで耳鳴りに悩まされていたうえ、踊りすぎたせいで全身が悲鳴をあげ、一カ月の休息を必要としていた。

そして、古城に着いたその日から翌日の夜まで、古びたホールでパーティが繰り広げられているのを横目に、カルリッツは眠り続けた。目が覚めたとき、彼女は抜け殻状態で、人と交流できる状態ではなかった。

カルリッツは、実際の心身の状態がどうあれ、自分をよく見せかけるのが得意だった。少し化粧をすれば大丈夫、少なくとも見かけは元気になる。きれいなドレスを着れば、幸せな気分になれた。

しかしその夜は疲労のあまり顔色が悪く、眠れば治るという類のものではなかった。彼女の心はあまりに重かった。ヴァレンティノの言うとおりだと思い始めていた。二人は出会うべきではなかったと。

もし出会わなければ、こんな苦しみを味わうこともなかっただろう。

カルリッツはどうにも気力が湧かず、パーティの顔をつくり、いつものように弾けるのを期待される場所に出かける気になれなかった。代わりに窓辺に行き、眼下で開かれているパーティを見渡した。そのときだった、彼も来ていることに気づいたのは。

彼を見た瞬間、例の電気を、かつてと同じ稲妻を感じた。それは輝かしくもあり、不幸でもあった。

誰かに対してそのように感じながら、ほとんど意味をなさないというのは、かなり不公平だとカルリッツは思った。意思に反して、こんなふうに誰かを好きになることが可能だと知り、同時にそれが無駄なことだとも知った。

必ずやヴァレンティノは振り向いてくれると信じていたにもかかわらず。

真の問題は、カルリッツが失敗を恐れていたことかもしれない。本当の意味での挑戦を自分に課していなかったのだ。

あるいは、彼女はただ傷ついていただけなのかもしれなかった。そして、傷心を抱えたままなのだ。

そのことを、カルリッツは誰にも説明できなかった。なぜなら、本当のことを言っても誰も信じてくれないだろうし、嘘《うそ》をつく気にもなれなかったからだ。

新聞が何をどう書くかは、彼女にはコントロールできない。彼女はただほのめかすことしかできず、彼らの思いこみを正すこともできなかった。そして、彼らはいつも独自の結論を導き出して紙面を埋めた。

けれど今、少なくとも今は、カルリッツは現状に耐えて生きていくしかない。

だから、彼女はただ窓からヴァレンティノを見ていた。彼はカルリッツと顔を合わせるのを望まないだろうし、もし顔を合わせたとしても、お互い知らん顔をするのを望むだろう。

カルリッツはそれを甘んじて受け入れなければならなかった。そしていつか、結局のところ彼とは相いれなかったと自分を納得させる方法を学ぶだろう。

今夜はヴァレンティノとの別れの夜だ、とカルリッツは自分に言い聞かせた。

彼の結婚式は数カ月後に迫っていた。カルリッツが巻き起こしたスキャンダルは、姉が望んでいたように、一時的な騒ぎに終わったからだ。婚約者のいる男性を巻きこむわけにはいかないし、巻きこむつもりもない。

ヴァレンティノの元恋人だと見せかけるのさえ、カルリッツは避けた。婚約者に対してあまりにも残酷すぎるから。そのため、カルリッツはしばらく窓辺に立ち、ヴァレンティノが周囲の空間を支配するさまを眺めていた。ほかの人たちがいつものように彼に群がるのを。

そして、これで充分だと自分を納得させ、女王の妹としての義務を果たすために必要だと母親が考えていることに身を委ねるつもりだった。避けられない運命を先延ばしにする理由は、もはやなかった。

それで終わるはずだった。

ところがそのとき、ヴァレンティノが群衆から離れ、ホールの端に立った。半分が影に覆われ、息をする以外は何もしていないように見えた。カルリッツは思わず窓に顔を押しつけ、熱心に観察した。気づかれる恐れはない。なぜなら、ヴァレンティノはもちろん、彼女がここにいることは誰も知らないからだ。

つかの間、彼が目を閉じ、今まで見たこともないような悲しみにも似た表情を浮かべた。それを見ることができたのは、おそらくカルリッツだけだろう。そしてその表情は、彼女が以前一度だけ見たのとまったく同じものだった。あのキスのあと、彼が身を離して、二人の間には何も起こりえないと告げる直前に浮かんだ表情と。

その瞬間、カルリッツは悟った。ヴァレンティノは今度の結婚に満足していないのだと。

悲劇的なことに、その事実は、カルリッツがとるべき道は一つしかないことを意味していた。

彼女は最初、まさに今夜がその夜になると考えていた。しかし、階下に着いたときには、ヴァレンティノはパーティ会場をあとにしていた。翌日の新聞では、もともと彼とその婚約者は早めに帰る予定だったらしい。けれど、タブロイド紙によれば、彼は明らかに元恋人と同じ空間にいるのが耐えられなかったからだ、ということにされていた。

本当に元恋人だったらよかったのに、と彼女は不機嫌に思った。実際は、私は彼の恋人であったことなどまったくない元恋人。なんて不公平なのだろう。

今回の計画を思いついたのはそのときだった。

カルリッツはこれが最後にして唯一のチャンスだとわかっていた。彼女はほかの招待客と一緒に、風通しのいいすてきな礼拝堂の中に足を踏み入れた。そして、後ろのほうの席に座り、顔を伏せた。

ここで何をするか、綿密な計画を立てていたわけではなかった。彼女は完璧な解決策が浮かぶよう願った。式の途中で立ち上がるという選択肢もあるが、その異議申し立てが認められるかどうか、確信を持てなかった。それに、そんなふうに立ち上がるのは暴力行為と見なされる恐れがあった。

一方で、ヴァレンティノが正気に戻るのを待っても、うまくいかないとわかっていた。

そこで、体が熱くなりすぎて少しばかり苦痛を感じながら、本当にそうした常軌を逸した行動をとる覚悟が自分にあるのかと自問した。タブロイド紙をたぶらかす程度のことであれば、あまり気に病む必要はない。しかし、ここには大勢の人がいた。カルリッツがここで何をするにせよ、それを目撃する人たちが。しかも、彼らはカルリッツ・デ・ラス・ソセガダスはほかの女性の結婚式を邪魔するような人間だと知っていた。

姉はけっして私を許さないだろう。姉が私に釘《くぎ》を刺したのに、まさにこのような恥ずかしい行動に走るのを止めるためだ。

カルリッツは祈りというものを好まないが、何かよい方法が浮かぶよう、知らず知らず祈っていた。

彼女は待ち続けた。式がなかなか始まらず、しだいに周囲の人たちがそわそわし始め、憶測が低いざわめきとなって広がっていく。

やがて礼拝堂の前方のドアが開き、一人の男性が入ってきた。カルリッツは緊張したが、それはヴァレンティノではなかった。背の低い、小太りの男性は祭壇の真ん中で足を止め、会衆に向かって軽く頭を下げた。

「残念ながら、この結婚式は中止となりました。はるばるお越しいただいた皆さまに深くお詫《わ》び申し上げます。まだ潮が満ちているので、船団が皆さんを本土までお送りするそうです。では」

周囲はざわめきに包まれた。興奮したささやき声が緊張した笑いに変わり、カルリッツは自分の名前があちこちであがるのを聞いた。しかし、その当人がこの場にいることに気づいた者はいなかった。

カルリッツはじっとしていた。最悪なのは、結婚式が中止になったばかりの礼拝堂に座り、その理由として自分の名前が出るのではないかと疑っていたことだった。そうなっても、彼女は反論できなかった。なぜなら、自分をそのような立場に追いこんだのは彼女自身だったからだ。それでも、カルリッツは心の中で、かすかな、ほんの小さな、奇妙な希望の火がともるのを感じた。

全員が礼拝堂を出たあとで、カルリッツも彼らのあとを追った。スカーフで顔を覆い、周囲を見まわして、誰にも気づかれていないことを確認して。ほかの招待客が港へと向かう中、カルリッツは丘の上の大きな家に足を向けた。

ヴァレンティノのいるところに。

2

寝室のドアが開いたとき、ヴァレンティノ・ボナパルトは幻のように現れた女性を見て、これは白昼夢にすぎないと自分を納得させようとした。だが、内心ではこれは現実だとわかっていた。

ヴァレンティノにはいろいろな面があり、その多くは許しがたいほど愚かだが、自分に嘘《うそ》をつくようなまねはしなかった。少なくともこれまでは。

この呪われた一日にはまだ多くの時間が残っている。すでに起こったことを考えると、こんなのはありえないと思っていたが、実際は何一つ否定できなかった。

「きみがここにいるはずはない」ドア口に立つ女性

に、ヴァレンティノは冷ややかに言った。彼女があまりにも長い時間、彼の夢の中で過ごしていることなどおくびにも出さずに。

彼女はにこりともしなかった。「それでも、私はここにいる」

ヴァレンティノは窓に背を向け、彼女と面と向かった。それまではずっと窓辺に立ち、結婚式の招待客が到着するのを眺めていた。それから結婚式の中止を告げられた客たちが去っていくのを見送った。ヴァレンティノの敵対的な異母弟が、挙式当日に兄の鼻先から花嫁を盗み出すという暴挙に出たことはすぐに世間に知れ渡るだろうが、自らそのことを発表する必要はないと感じていた。

ただし、弟の暴挙によって、すべての行事を中止せざるをえなかった。そして今、カルリッツがここにいる。招待状もなしに。

まるで額縁におさまっているかのようにドア口に立つ彼女をしばらく観察するうちに、ヴァレンティノは胸を締めつけられた。血がたぎり、下腹部がこわばる。時間はカルリッツに対する彼の反応を少しも和らげなかった。距離をおいても、その反応は相変わらず強烈だった。

カルリッツは出会った瞬間から厄介だった。今日、頭に巻いたものを含め、彼女は揺らめくスカーフ状の布地を何枚も身にまとっていた。それで何もかも隠せるとでも思っているかのように。だが、ヴァレンティノは、どこで会っても僕なら彼女だとわかると思った。

カルリッツはいつだって、そのなめらかな額から高い鼻、そして彼女独特の優雅さを醸し出すほっそりした体型に至るまで、いかにも王族らしい気品を漂わせていた。そして、体のあらゆる部分が輝いている。物憂げな印象を与えるタイプの女性だが、じっくり観察すれば、彼女の身のこなしに物憂げなところなどまったくないとわかる。カルリッツ王女は、もし稲妻が人間に変身してしなやかな肉体に包まれ、行く先々で嵐を巻き起こしたらどうなるか――そんなことを彷彿《ほうふつ》とさせる女性だった。

ヴァレンティノは彼女の匂いを知っていた。スパイスの香りだ。本当にかすかな香りなので、かつて危険な場面で彼女に近づいたとき、彼は彼女の首筋に顔をうずめ、その香りを思いきり吸いこみたくなった――自分の一部となるまで。そして彼女の体のあらゆる部分、あらゆる秘密の箇所を見つけて、完全に身を委ねたいと思ったものだった。

ときどき、ヴァレンティノは夢の中でその香りを嗅いでは孤独感と怒りに襲われ、目を覚ました。

ヴァレンティノはカルリッツの口の味も知っていた。何年もの間、まるで思い出せないかのように、すっかり忘れたかのように振る舞っていた、あの狂おしいほどに熱い口の味を。

しかし彼は、あの不用意なキスのあと、カルリッツの目が驚きに見開かれ、星のように輝いていたことを覚えていた。それこそが、ヴァレンティノにとっての彼女の真実だった。

王女は……ありえない存在だった。

そしてまた、今日はありえないことで満ちあふれていた。

「きみの仕業か？」ヴァレンティノは静かに尋ねた。

カルリッツは部屋の中に入ってきて、顔を覆っていたはずのスカーフを押しのけて柔らかでつややかな髪を見せていた。ブロンドでもなく、赤毛でもない、その中間の色合いで、茶色もまじっている。ヴァレンティノは、彼女が重ね着している布のどれがラップやスカーフで、どれがドレスなのかわからなかった。その柔らかな布地は彼女が動くたびに体の曲線をあらわにし、彼はその布地を剥ぎ取りたいという欲求に駆られた。

彼女のすべてを味わうために。

カルリッツは僕の反応に気づいているのではないかとヴァレンティノは思った。彼女は姿見の前に立って自分の女としての力を測り、それが僕に何をもたらすかを完全に知っている、と。

ここ数年、自分のことが彼女に必要以上によく知られていることは、ヴァレンティノにとって苦悩の種だった。あの呪われた夜に二人の間に生じたものがなんであれ、カルリッツはそれを自分のために利用した。少なくとも彼にはそう思えた。というのも、彼女がヴァレンティノに及ぼした影響に、彼自身はなんの利益も見いだせなかったからだ。

「その問いから察するに、あなたは自らの意思で結婚式を取りやめたわけじゃないようね」

ヴァレンティノは、カルリッツが近寄ってくるかと思ったが、そうする代わりに彼女は部屋の中を歩きまわった。僕がもうここではぐっすり眠れないことを、彼女は知っているのだろうか？

夢の中で彼女がシーツの上で手を躍らせていたのを思い出さずにはいられない。あらゆるものにシナモンパウダーをかすかに振りかけたように、彼女の香りがそこらじゅうに漂って……。

僕はカルリッツの亡霊を永遠にここで見る羽目になるだろう。

彼女は壁に飾られた美術品を眺め、窓から島の景色を見渡した。どの窓からも、父や弟の家はまった見えない。ヴァレンティノはこの家を建てるとき、少なくともここにいる間は、自分はこの島にいる唯一のボナパルトであり、一族の唯一の相続人だと思えるよう、立地と構造には細心の注意を払った。

ようやくカルリッツが彼を見た。

いつものように彼女の視線はまっすぐで、すべてを見透かしているようだった。ヴァレンティノにとってはすこぶる居心地が悪かった。

彼女が去ったら自分は苦しめられるとヴァレンティノにはわかっていた。彼女の匂いが残っているはずはないのに、それを求めて何百時間も費やすだろう。今でさえ、もっと近くに寄り、彼女の匂いを深く吸いこみたくてたまらなかった。そして、手を伸ばして触れたかった。

「僕の都合で結婚式を中止したわけではない」ヴァレンティノは言った。「花嫁が、祝宴には出席しないというメッセージを送ってよこした。それで中止するのが賢明だと判断したんだ」

もちろん、メッセージなどなかった。花嫁はウエディングドレスに身を包んだまま、アリスティドに連れられて、この島の反対側に逃げたという。

〝噂《うわさ》では、二人は結婚したそうですよ、シニョール〟と、部下がヴァレンティノに告げたのは、花嫁が姿を消してしばらくしてからだった。招待客が礼拝堂を出る前のことだ。

異母弟のことを考えると、彼はいつものように怒りと心痛、昔の恨みが胸に渦巻いた。そしてさらに悪いことに、彼らが仲がよかった頃の――二人の関係の真実が明らかになる前の思い出がよみがえった。

ヴァレンティノは以前、母親ばかりか遺産も失った。そして、ヴァレンティノを自分の息子のように扱いながら、ずっと父親と寝ていた家政婦との絆《きずな》も。ジネーヴラのことは家族同然に思っていたのに。

そしてアリスティド……。彼が実の弟だとわかるまで、ヴァレンティノは親友だと思っていた。

なぜアリスティドが今日のような暴挙に出ると予測できなかったのか、ヴァレンティノにはわからなかった。おそらく、アリスティドは結婚に無関心だと決めつけていたからだろう。

アリスティドが気にかけていたのは、兄を困らせることだけだった。彼はそれを得意としていた。幸い、ヴァレンティノは今、いつものように、自分が気にしているのはただ一つのことだけだと考えていた。

アリスティドは好きなだけボナパルトの名を汚すことができたが、ヴァレンティノは一族の伝統を背負っていた。彼はその伝統を汚すつもりはなかった。

この結婚式の顛末《てんまつ》は、ヴァレンティノを相対的によりよく見せるだけだろう。敵対者たちのいつもの不快な行動にもめげない、義務と静かな諦観を絵に描いたような人物だと。

だから、ヴァレンティノはアリスティドに感謝しなければならない。だが彼は、自分はそんなことはしないと知っていた。

「それはさておき」カルリッツ王女は、宝箱や古城、つまり時代を超えて彼女の血の中に流れているものを連想させる好奇心旺盛な目で彼を見つめた。

「それはさておき？」ヴァレンティノは怪訝《けげん》そうに繰り返した。そして、自分の声の鋭さに触発され、二つのことが脳裏に浮かんだ。

一つは、彼女をこの建物から連れ出すよう、部下に指示していなかったことだ。ヴァレンティノにはあるまじきことだが、明らかに感情的になっていたために忘れていたのだ。実際、彼はいらついていた。

〝捨てられた花婿〟という汚名を着せられたこの騒動はいまいましかったし、その後始末もしなければならなかった。

しかし、二つ目――より重大なのは、彼とカルリッツが二人きりでいるという事実だった。しかも、この寝室で、彼の許可なしには誰も足を踏み入れることのない場所で。

ヴァレンティノが苦労のすえに遠ざけてきた何かが、今、勢いよく頭をもたげ始めていた。

「私の同情を期待しないで」

カルリッツはそう言って、前にも見たことのある表情を浮かべてヴァレンティノを見た。それは、彼が嫌悪している訳知りの表情だった。なぜなら、カルリッツは彼のことを知らないはずだからだ。

何一つ知らないはずなのに、なぜ訳知り顔をするんだ？　僕たちは他人だし、もちろん、そうあるべきだ。ヴァレンティノは、なぜこの女性がほかの誰とも違う方法で彼の心をとらえたのか理解できなかった。許せなかった。

「そもそも、なぜあなたがあの哀れな女性と結婚しようとしたのか、私にはわからない」

「僕には跡継ぎが必要だからだ。それから、言っておくが、彼女に哀れなところなど一つもない」ヴァレンティノは断言した。

カルリッツはいらだたしげに手を振った。「あなたが負う家系の責任に関する話で、私を退屈させないで。その点については、私が何年もかけて学んできた以上のことを、あなたが学んでいるはずはない。私の姉の花婿探しには、母のヨーロッパ的な感性と妹の現代的な感覚、そして宮廷が考える王室の近代化を担うにふさわしい完璧な血統をつなぎ合わせるための選定委員会が必要なの。研究室での実験とシャーレの選別ですむなら、そうするでしょうね」

「花嫁は考え直したのかもしれない」ヴァレンティノは肩をすくめた。そして、なぜ自分がこの件に無頓着だと彼女に思わせるのがこんなにうれしいのか、自問するのを拒んだ。彼女が部屋に入ってくる前、彼は自分に許される範囲内で、怒りに近い感情を抱いていたが、なぜ彼女にそのことを知られたくないのかも、考えようとはしなかった。「幸い、僕はシャーレを使った実験は求めていない。結婚に必要なのは、ある程度の敬意だけだ」

「あなたが次に祭壇に運ぶ人形は、どんな女性かしら？　さぞかし魅力的なんでしょうね」

カルリッツの声は辛辣だったが、ヴァレンティノは気にも留めなかった。

「私も、あなたが自由に動かせる駒の一つになって、簡単に交換され、やがて忘れ去られる存在になれたらいいのに」

今朝、目を覚ましてから初めて、ヴァレンティノは自分が何かよい兆候を感じ取っていることに気づいた。何があろうと自分の義務を遂行するという暗い決意から離れて。

長い間、自らに課した重責に耐えてきたあとで突然、自分の中に感じた軽さを説明する術《すべ》はほかになかった。なぜなら、これ見よがしに愛人をひけらかして妻を死に至らしめたこと、自分が楽しむために長年にわたって嫡子と婚外子を争わせてきたことなど、彼のひどい父親が何をしたかにかかわらず、ヴァレンティノは常に嫡男としての自分の立場を意識していたからだ。父親がどんなゲームを仕掛けようと、自分の相続財産がどうなろうと、彼は自分が何者か忘れることはなかった。

彼は今も昔もヴァレンティノ・ボナパルトであり、一族の遺産を受け継ぐ唯一無二の後継者だった。望ましいボナパルトになることはヴァレンティノに課せられた義務であり、彼が無謀な異母弟のようになることは絶対にない。残酷な父親のようになることも。

父親ミロの前にも真のボナパルトはいた。そして、自分のあとにも真のボナパルトがたくさん現れるようにするのが、ヴァレンティノの務めだった。祖父のように威厳があり、謙虚で、ミロのような人間に対する嫌悪感を抱く人物――それこそがヴァレンティノの考える真のボナパルトだった。

ミロがいつも嫌っていた彼の兄弟たちの中には真のボナパルトがいた。たとえば年長のヴィンチェンツォは祖父譲りの頑健な男で、知性と公平な心の持ち主だった。しかし、彼は二十代で急死し、自分の相続分を確保するずっと前に亡くなった。

ヴァレンティノにボナパルト家の失われた後継者の話を聞かせてくれたのは、ミロの末弟のブルーノだった。ブルーノ叔父はミロに強く反発し、アメリカに移住して長年のパートナーと結婚したとき、一族と完全に決別した。

叔父がもっと早く結婚して血筋の維持に成功していれば、そのあと起こった多くの悲劇は避けられたはずだと、ヴァレンティノは痛感していた。

父ミロの残酷な気まぐれに左右されることのないよう、自分の財産の確保に努めていたとき、ヴァレンティノはいつも時計の針が刻々と時を進めている気がしていた。ようやく準備が整ったと判断し、できる限り早く前に進もうと決意したときはほっとしたものだった。結局のところ、彼が妻に求める条件は至って単純だった。彼は現実的で従順な女性を求めていた。母親はそのどちらでもなかった。彼の母親は感情の起伏が激しかった。夫を愛していると思いこみ、それゆえに苦しんだ。恥知らずにもミロはその愛を利用した。

繰り広げられる家族の惨劇を見てきたヴァレンティノは常にはっきりと認識していた、愛など存在しないと。愛に触れた者は呪われる、愛は必ずや腐敗して人を破壊する、と。

彼にとっては、愛は破滅的な災いをもたらすものだった。

ヴァレンティノが若い時分の家政婦で、長く父の愛人であったジネーヴラが、驚異的な成功を収めた彼女の息子に養ってもらえるにもかかわらず、いまだに屋敷にとどまってミロの世話を続けているのは、どうやら愛の成せる業らしい。

ミロ・ボナパルトのような怪物を愛した二人の女性ほど、愛に対して警鐘を鳴らしてくれる人物はいない。母は亡くなった。ジネーヴラは苦しみ続けた。二人ともけっして幸せではなかったし、ジネーヴラはこれからも幸せにはなれないだろう。

そうしたことすべてを念頭に置いて、ヴァレンティノはフランチェスカ・カンポが自分の妻にぴったりだと判断した。彼女は従順で、存在感が希薄だった。退屈に感じたのは事実だが、彼はそれを前向きにとらえた。

結局のところ、稲妻のような妻が欲しいのなら、どこでそれが見つかるか、ヴァレンティノは知っていたのだ。

そして今、その稲妻が目の前にいた。

「私がなぜここにいるか、知っている?」カルリッツが尋ねた。

つまり、結婚式が取りやめになった理由を誰もまだ知らないのだ。王女にしては、彼女は驚くほど率直だった。

「どうやら祝福するために来たのではないようだ」ヴァレンティノは淡々と答えた。彼女が動くたびに布地が揺れ動くのを見ながら。「それこそがきみが招待されなかった理由だ」

「私はこの島にこっそりと上陸し、あなたの結婚式に押しかけなければならなかった。私の記憶にある限り、唯一招待されなかった重要なイベントに」

「きみはまたも現実とファンタジーを混同しているようだ」ヴァレンティノは冷静に指摘したものの、彼の中に冷静さはかけらもなかった。あるのは、炎と危険な闇だけだった。「僕たちにはなんの関係もないことを、きみはまたも忘れてしまったのか? 偽りの物語を何度も自分に語り聞かせているうちに、それが偽りであることを忘れてしまったのか?」

「新聞記事のような関係はなかったかもしれない」カルリッツは彼の目の前に立ち、まっすぐに視線を合わせた。「でも、まったくの嘘とは言えないわ、ヴァレンティノ。それに、あなたに真実を話してもらう必要はない。私は真実を知っているから」

「お姫《プリンチペッサ》さま、きみは何を知っているんだ？」そう尋ねたものの、ヴァレンティノはこんな会話は許されるべきではないとわかっていた。何年もの間、そう確信していたのに、今やめる理由もなかった。「僕たちの関係をどんなふうに想像しているんだ？」

彼女は答えようと口を開いたものの、すぐに閉じた。ヴァレンティノは彼女のことを知りすぎていたからだ。だが、彼はカルリッツには会ったことがないふりをしようと決めていた。それでも、彼はさまざまな媒体で彼女の記事に出くわしていた。中には、タブロイド紙ののぞき趣味のような記事とは違い、彼女の人物像に焦点を当てた興味深い記事もいくつかあった。後者のほとんどが彼女の姉であるラス・ソセガダス王国のエミリア女王と関連づけられていた。ラス・ソセガダスはフランスとスペインの間の山中にたたずむ王国で、〝小さな宝石〟とうたわれていた。

そして今、ヴァレンティノは自分が読んだすべての記事が、短い電撃的な出会いからすでに察していたことを裏づけているように感じていた。カルリッツ王女は賢い。彼女の目はヴァレンティノの内面を見透かすようで、彼をそんなふうに見る者はいなかった。ただ一人、異母弟アリスティドを除いて。

確かにカルリッツは美しいが、ヴァレンティノは彼女が演技をしていないときの姿を見たことがあった。彼女は明るく輝いていて、周囲の人々を引きつける魅力がある。一緒に過ごした時間は一時間にも満たないが、彼は世界中の誰よりも多く彼女を見てきたような気になっていた。

ヴァレンティノはそれを呪いだと自分に言い聞かせていたが、今はむしろ祝福のように感じた。

「あなたはどう考えているの？」カルリッツはきき返した。

「きみには何度も話したはずだ」だが僕はまた話す

だろう、とヴァレンティノは思った。なぜなら自分でも確認したかったからだ。「二人の関係は……なんでもない。無としか言えない。ほかの何ものでもない」

「いいえ、なんでもないとは思えない」カルリッツは首を横に振った。「本当に〝なんでもない〟なら、あなたはとっくに私をこの部屋から、この敷地から追い出しているはず。あるいは哀れなストーカーとして刑務所送りにされたでしょう。でも、私はそういう人間じゃない。そうでしょう？」

同意したい衝動に駆られたことに、ヴァレンティノは驚いた。悪態をつきたかった。今この場で、できるものなら海中へと身を投げたい。どうやって自らを奮い立たせてこらえたのか、自分でもわからなかった。それほどまでにその衝動は強烈だった。

「きみが僕に何を言ってほしいのかはわかる。だが、だからといって、それを実際に言うとは限らない」

「もちろん、そうでしょう。言ってしまったら、あなたはもう隠れていられなくなる。そしてどうなるのかしら、ヴァレンティノ？」

彼のたてた笑い声は陰にこもっていた。もともと陽気なタイプではないし、何かを心底おもしろがるタイプでもなかったからだ。ヴァレンティノは何事も厳格にけじめをつけるのが好きだった。彼のことを正式名で呼ぶのは母親と弟だけで、彼はそれが気に入っていた。なぜなら、母親亡きあと、〝ヴァレンティノ〟と呼ぶのは最大の敵——弟のアリスティドだけだったからだ。

世間一般では、彼は〝ヴェイル〟だった。そして幸いにも、愛称で彼を呼ぶ者は、演技をしている彼しか知らず、本当の彼については何も知らなかった。

ところが、カルリッツは彼を〝ヴァレンティノ〟と呼んだ。なお悪いことに、そう呼ぶように彼女に言ったのは彼自身だった。普通に考えればありえない。ヴァレンティノはいつも愛称を名乗り、それを使う人たちを、適切なカテゴリーに分類してきたのだ。

「少し前にきみをパリで見かけた」ヴァレンティノは言った。「僕は仕事で滞在していた。そして偶然にも、きみは騒ぎを起こすためにパリに来ていた」

「覚えていると言いたいところだけれど」カルリッツは悔しそうに答えた。「嘘はつきたくないわ」

「僕はよく覚えている。きみはいつもの取り巻きたちと一緒にいた。レストランを占拠したばかりか、通りにまであふれていた」ヴァレンティノはまさかパリで彼女に会うとは思っていなかった。そして、そのときカルリッツが彼の視線を受け流したことになぜかショックを受けた。「きみは陽気に笑って楽しそうにしていたが、心が空っぽなのは明らかだった」

「知らなかった？　私はいつも心が空っぽなの。それこそがみんなに称賛されている私の最も重要な資質の一つよ」

そう言って彼女が身を乗り出すと、スパイスとシルクの香りがヴァレンティノの鼻を刺激した。

「私が空っぽであればあるほど、人々は私を好きなように想像することができる。それがすてきな輝きを生む。これはもう公共サービスよ」

「きみを追ってはいけないと僕は自分に言い聞かせた」なぜこんなことを言いだしたのか、ヴァレンティノは自分でもわからなかった。「だから僕はただ、同じ通りを歩いて戻った。きみは僕に気づかなかった。きみはただ、周囲など気にせず、夜のパリをあちこち走りまわっていた」

「私は警備員に大金を払って、好きなときに好きなだけ無頓着でいられるようにしているの」カルリッツは苦笑して続けた。「姉が何度も指摘しているように、私の身に本当に不都合なことが起きたとき、身代金を支払うよう求められるのは姉だから。でも、私の安全は完璧に保証されていた」彼を見つめて続ける。「あなたは私の安全など気にかけていなかったんでしょう？」

「きみは迷子のように見えたよ、カルリッツ」ヴァレンティノが言うと、予期したとおり、彼女は息をのんだ。「そのとき、きみが僕たちの間柄に関して長年ついてきた嘘の数々を許すと決めたんだ」威嚇するかのようにほんの少し身を乗り出す。「きみは単なる迷子のプリンセスで、ヨーロッパ中をふらつきながら、姉さんに後始末をさせるためにわざと奔放に振る舞っているだけだと」

ヴァレンティノはカルリッツの目に光るものを認めた。しかし次の瞬間、彼女は笑った。カメラの前で見せる王族の笑いではなく、浅はかな友人たちの携帯電話の前で見せるきらきらした笑いでもなかった。それは低く、温かく、深い笑いで、珍しく彼は心を揺さぶられた。

「うまくいかなかったわ。私は恥をかくことができないの。よかったら、試してみて」

「プリンセス」ヴァレンティノは歯の間から言葉を押し出すように言った。「今日は大変な一日だった。僕は今、僕自身がつくり出したんじゃないスキャンダルに巻きこまれている。そして、ここにやってきたきみは、いやおうなくその渦中にいる。きみは僕の弟とどこまで共謀していたんだ？」

カルリッツは興味をそそられたようだった。「なるほど、あなたの弟と手を組むという選択肢もあったのね。思いつかなかったわ」

「この部屋を出たら、僕は再び、人が引き起こした災難の後始末に追われる」ヴァレンティノは自嘲めいた笑い声をもらした。「弟を責める気にもなれない。彼はいつも、父の期待に応えようと、可能な限り悪ぶってきた。花嫁になるはずだった女性を責めることもできない。彼女と僕の間に感情的なつながりはなく、本当の意味で裏切ったわけではないのだから。だが、きみは違う。きみを責めるのはたやすい」

「好きなだけ責めればいいわ」カルリッツは息巻き、彼につめ寄った。

今や二人の間にほとんど距離はなかった。彼女の香りがあたりに立ちこめ、肌のぬくもりさえ感じる。触れるかどうか決めるまでもない。ヴァレンティノはただ息を吐くだけでよかった。

「いいだろう」彼はうなった。「僕はすべてをきみのせいにするつもりだ。徹底的に」

「ええ、そうして」カルリッツは挑発した。「ようやくね」

その言葉に背中を押され、ローマで初めて彼女を目にして以来、ずっと自分の首に強く巻きついていた鎖を、ヴァレンティノはついに断ち切った。何年もの間、自分の首を絞め続けてきた鎖を。

この呪われた日に、世間から非難されていたことをやってしまおう。ヴァレンティノはそう決意した。メディアの報道によって、すでにその代償を何度も払っているのだから、一度くらい味見をしても許されるはずだ。明日以降もその代償を払い続ける羽目になるだろうが。

それに、僕は昔から雷雨が好きだった。それを認めるには、この規模の災難が必要なのかもしれない。

ヴァレンティノは手を伸ばしてスカーフのシルクに触れて、その下の肌の熱を感じ取った。カルリッツを引き寄せると、彼女は彼の胸にしなだれかかった。

あの夜の再現のようだったが、今日のほうがずっとよかった。というのも、今回はやめるつもりはなかったからだ。

3

カルリッツはヴァレンティノのことはすべて自分がつくりあげた虚構だと言い聞かせるのに、多くの時間を費やした。何カ月も、もしかしたらまるまる一年間も。そして、自分が苦しんでいるのは過剰な想像力のせいなのだと自分を納得させるか、すべてを諦めて死ぬか、そのどちらかしかなかった。ヴァレンティノは別の女性と結婚するからだ。カルリッツには、それを受け入れて耐える以外に選択肢はなかった。

しかし、その点に関して彼女が抱いていた疑念は、彼に唇を奪われた瞬間に払拭された。

完全に、ただちに。

なぜなら、彼の味は記憶にあるよりもずっとすばらしかったから。これ以上は考えられないほどの二人の唇のフィット感。彼の口が体のあらゆる部分にあるかのように感じられる熱と力強さ。

ヴァレンティノの激しく貪欲なキスに、カルリッツは彼と一緒に官能の海に溺れているかのような感覚に襲われた。そして、ずっと望んでいたものを長い年月を経てついに手に入れたことに、不思議な感慨を覚えた。押しても引いてもびくともしなかった鋼鉄のドアが、ある日突然すっと開いたかのような。

カルリッツは少しよろめいた。足元がおぼつかず、一歩下がって体を安定させるべきか、それとも彼の胸に飛びこむべきか迷った。けれど、ヴァレンティノがキスの角度を変え、彼女の口の内側を舐《な》めたとき、彼女は体がすでに決断を下していることに気づいた。

だから、もはや飛びこむしかないと。カルリッツは彼の首に腕をまわし、まるで命がかかっているかのように必死にキスを返した。実際、彼女は命懸けだった。

自分の中の何かが震え始めたとき、こんなことがうまくいくとは思っていなかったことに気づいた。教会の中に忍びこんで騒ぎを起こす準備をしていたのに、結局は何もできなかった。ヴァレンティノの結婚に怒り、混乱し、心を痛めていたかもしれないが、人の結婚式を台なしにする必要があったことを姉にどう説明するべきか見当もつかなかったからだ。

だから心の奥底では覚悟していた。自分のボートに逃げ帰り、スカーフで顔を隠して泣きながら残りの人生をどう生きるか考えるのだろうと。けれど、今その恋は終わり、もう何も配する必要はない。

このほうがずっといい。

これこそ、カルリッツが心ひそかに望んでいたものだった。ヴァレンティノの口が彼女の口に触れ、手が彼女の後頭部をぎゅっとつかむと、体のすべての神経が目覚め、ざわつき始めた。

カルリッツはメディアでヴァレンティノがどのように描写されているかを見てきた。厳格。抑制的。几帳面《きちょうめん》。

それらの形容句にはたいてい揶揄《やゆ》や侮蔑が込められていたが、彼女はメディア以上にヴァレンティノのことをよく知っていた。今まさに二人の間で燃えている炎について言えば、彼はその三つのすべてを兼ね備えていた。

「きみは魔女だ」ヴァレンティノは彼女の首筋に語りかけた。「僕を惑わす」

「もし私が魔女の呪文を知っていたら……」カルリッツは上体を反らしながら言った。「とっくに唱えているわ。あなたの結婚式の日まで待たずに」

ヴァレンティノのあげたうなり声に、彼女はぞくぞくした。耳の先から爪先まで。

それは荒々しくもなまめかしい野性の叫びそのも

のだった。ヴァレンティノが少し身を引いたので、彼の厳格でセクシーな顔がカルリッツの視界いっぱいに広がった。その淡い青の瞳は、夏の青空を思わせた。

ヴァレンティノは少しかがんで彼女を抱き上げ、軽々とベッドまで運んだ。

カルリッツは自分の体についてはよく知っていた。彼女と姉は、厳格な母親とより厳格な家庭教師に育てられ、王族の身だしなみの重要性をたたきこまれた。ミラは、女王にふさわしい優雅で洗練された最高の写真を撮るために、宮廷の顧問が決めた体のサイズを維持するのに苦労した時期があった。とんでもなく重い儀式用のローブ、笏《しゃく》、古代の王冠などを身につけるには、完璧な姿勢とエレガントな体型が要求されたのだ。

カルリッツは身長百七十八センチで、いつでもビキニを着られる体型を維持していたが、けっして華《きゃ》奢《しゃ》ではなかった。

しかし、ヴァレンティノはカルリッツを子供でも抱くように抱いた。まるでポケットに入れて持ち運べる大切な何かのように。そのせいだろう、彼女はそのポケットを見つけ、その中に潜りこんで丸くなりたくなった。

ヴァレンティノは彼女をベッドの端に下ろし、髪に手を差し入れて頭を後ろに傾けた。そして彼女の首に顔を寄せ、再びうなり声をあげた。

今度は警告のように聞こえた。

「あの匂いだ」彼がつぶやいた。「頭がおかしくなりそうだ」

それについてカルリッツは何か冗談を言いたかったが、ヴァレンティノが彼女の前にひざまずいたので、舌と口が動かなくなった。それでも、喉をごくりと鳴らし、やっとのことで口を開いた。

「私は――」

言いかけたところで、彼の青い瞳に暗い炎が宿っているのを見て、口を閉ざした。

「カルリッツ……」

その呼びかけは命令のようで、彼女は全身を震わせた。

「今がそのときか、そうでないか、どちらかだ」

彼が何を言おうとしているのか、何を求めているのか、尋ねるまでもなく、カルリッツは理解していた。一方、自分の身に何が起こっているのか、なぜヴァレンティノがこれほど長く抵抗してきたのか、理解できないことが山ほどあった。

だから、心臓がばくばくしながらも、彼女はうなずいた。

その直後、ヴァレンティノの手が彼女の腿に伸びたかと思うと、内腿をするするとのぼっていき、カルリッツは息をのんだ。体のすべてが溶けていくようで、彼女は耐えきれずにベッドの上に背中から倒れた。

それでもヴァレンティノは彼女の顔を見ることなく、自分のしていることに集中していた。そしてにわかに彼女の体を持ち上げて両手を滑りこませると、ヒップをつかんで彼女をベッドの端へと引き寄せ、下腹部に顔を寄せて大きく息を吐き出した。とたんに、カルリッツは体の最も敏感な部分を空気の奔流がなぶるのを感じた。その部分と彼の唇を隔てているのはシルクの切れ端だけだった。彼女はそのとき、彼がくぐもった声で何かつぶやくのを聞いた。

「ヴァレンティノ？」

彼はただうなり声をあげただけだった。そして彼女の柔らかな肉に口を押し当て、シルクなどなんでもないかのように吸いこんだ。

たまらずにカルリッツはベッドの上で体を弓なりに反らした。まるで胸のあたりで結ばれた紐《ひも》を天井に向かって引っ張られたかのように。かかとはヴァレンティノの背中に食いこんでいて、自分が体を浮かせているのか、じっとしているのか、わからなかった。けれどそんなことは問題ではないらしい。彼は夢中になって彼女を貪っていた。

彼の口が動いている場所に向かってすべての熱と快感が押し寄せる。カルリッツがもだえ、あえぎ声をあげると、ヴァレンティノは身を乗り出し、今度は唇を奪った。もはや彼女には、甲高く苦しげな自分のあえぎ声しか聞こえなかった。

カルリッツは自分の身に何が起きているのかわからなかった。彼の指が腿をつかみ、豪華なごちそうに取りかかるかのように、脚を広げるまで。

ヴァレンティノが舐め始めても、この快楽は私のものではないという思いにカルリッツはとらわれていた。この快楽は、彼が私をこんなふうに味わいたいという欲求がもたらした単なる副産物にすぎないのだ、と。

なぜか、その思いが彼女をさらに熱くした。そして、彼に激しく貪られるにつれ、快感の大波に自分のすべてがさらわれていくような感覚に襲われた。

けれど、カルリッツの一部はそれを避けたいと思っていた。圧倒されるのを好まず、その熱や激しさを自分で制御できるかどうか確かめるために、いったん彼から離れるよう促してさえいた。

ヴァレンティノはそれを許さなかった。カルリッツを力いっぱい抱きしめ、より熱を入れて舐め続けた。彼女のその誇らしげな小さなつぼみを歯でこする。そしてもう一度。

次の瞬間、カルリッツは灰になった。

白熱した爆発。

彼女は悲鳴をあげ、激しく身を震わせた。

カルリッツは彼も震えているのを感じた。なぜなら、腿で彼の上体を挟んでいたからだ。わずかの間をおいて、その震えが笑いからくるものだと気づいた。彼もまた驚愕《きようがく》しているらしい。笑ってしまうほどに。

これこそ、至福の時。

彼女はあえぎ続けた。

カルリッツが現実の世界に戻ってきたのは、ヴァレンティノが彼女を再びベッドの端に座らせたときだった。彼の手はカルリッツの肩に置かれていたが、目の焦点を彼に合わせるのにかなり時間がかかった。そして焦点が合ったとき、彼の唇は引き結ばれていたが、目は明るく輝いてた。

「心に留めておけ、お姫さま《プリンチペッサ》」ヴァレンティノは低く伸びやかな声で言った。「これは始まりにすぎない」

カルリッツはそれを全身の細胞で感じた。細胞の一つ一つが燃えるように熱くなっている。彼女はそれが日常茶飯事であるかのようにほほ笑んだ。

「すばらしい」そっけなく言う。「でも、さらに先に進んで、もし退屈だったら、がっかりよ」

「ベストを尽くすと約束する」ヴァレンティノは彼独特の深みのある声で言った。「けっしてきみを退屈させたりしない」

服を脱ごうとしていたに違いない彼がその手を止めたとき、カルリッツは思った。私は自分の軽はずみな挑発を後悔するかもしれないと。というのも、これまで感じたことのない甘やかな警鐘が体の中で鳴り響いたからだ。

カルリッツは、自分はずっとこの炎と戯れながら、それに気づいていなかったのだと気づいた。彼はあたりを焼きつくす野火だったのに、マッチの小さな火と勘違いしていたせいで。

ヴァレンティノの顔つきが以前にも増して険しくなり、目の中のきらめきはいっそう強烈になった。彼は腕組みをし、手足を広げて横たわっているカルリッツの脚の間に陣取った。すでに彼女のショーツは引き裂かれ、ドレスは腰までたくし上げられていた。

カルリッツはもじもじしたり、身を隠そうとしたりすることもなく、ただ目を見開いて彼を見つめ返した。

「ドレスを脱ぐんだ」

明らかに命令だったが、カルリッツはそれを歓迎した。

ヴァレンティノは眉根を寄せ、彼女の返事を待っていた。

彼女の呼吸は浅くなり、体の一部が息づいて、その存在を知らしめていた。胸がずしりと重く感じられ、頂が硬くとがる。肌は熱く、息をするたびにドレスの布地に愛撫《あいぶ》されているように感じた。

カルリッツは思わず身をよじりたくなった。こんなにも淫らな気分になったのは、こんなにも脚の付け根が潤んだのは、生まれて初めてだった。

いずれにせよ、ヴァレンティノに逆らおうとはまったく思わなかった。彼女は身を起こしてドレスをいっきに頭から脱ぎ、脇に放り投げた。彼の満足げな表情を見たとき、それこそが自分が求めていたものだと、カルリッツは気づいた。背筋を伸ばし、彼に胸を差し出すかのようにしてベッドの上に座ると、彼はうなずいた。

「それも」ヴァレンティノはさらに命じた。

カルリッツは震える手で前ファスナーを下ろしてブラジャーを取り去った。今や彼女は過敏になり、熱い体を持て余すかのように震えていた。

「美しい」ヴァレンティノは思わず賛嘆の声をもらした。「きみは僕を狂わせる、プリンチペッサ。きみは僕を自制の限界まで追いつめた。許せない」

その意味がカルリッツにはわからなかった。けれど、生まれたままの姿で座っている彼女を観察するヴァレンティノの目には、紛れもなく欲望の炎が燃えていた。

「きみがしたことには相応の罰が必要だ」

もしカルリッツが彼の視線の中で揺らめく炎に気づいていなかったら、その言葉に恐怖心を抱いたかもしれない。

「わかったか？」

「ええ」カルリッツはそう答えたものの、本当はわかっていなかった。

「もし僕たちが今夜ここで真実を語っているのなら……」彼は低く、感情的な口調で言った。「僕もきみも認めるはずだ、パパラッチは僕たち二人のことを何一つ知らなかったと」

「彼らは知ろうとしなかったとも言えるんじゃないかしら」

「だが、きみがそんなふうに主張したことはない」

彼の目はあまりに自制的で、カルリッツは胸が痛んだ。この男性の好意を得るためならなんでもしたかった。それこそが私が彼を追いかけ続けた動機だったの？　いいえ、違う。胸の内で燃え盛る欲望の炎が消えたことは一度もない。

「きみは自分が何をしたのか、よくわかっているはずだ、カルリッツ。もちろん、僕もだ」

ヴァレンティノはまだ服を着たままベッドに移動し、彼女の隣に座った。そして、物問いたげに眉を上げ、腿を軽くたたいた。

「さあ、おいで」彼は目を輝かせた。「まずはお仕置きをして、きみの罪を思い出させるところから始めよう」

カルリッツはヴァレンティノの固い腿を、そして、強烈な表情が浮かぶ顔を見つめた。それはすべてをのみこむような迫力に満ち、彼女は体の震えを止めることができなかった。脚の付け根がじわじわと潤みを帯びていく。胸は張りつめ、過敏になった皮膚は次の瞬間には剥がれ落ち、真新しい皮膚は完全に彼のものになってしまうかもしれない……。

「カルリッツ……」ヴァレンティノは静かに、けれど真剣な口調で言った。「僕の膝の上に」

彼女はうなずいた。「あなたは私に罰を与えたいのね？」

「三年間だ」その言葉をヴァレンティノは噛《か》みしめながら発した。「きみのせいで、僕はその間にどれだけのタブロイド紙の記事を読まされたと思う？ 二十？ 四十？」

「私は……」カルリッツは最後まで言えなかった。何を言えばいいのかもわからない。

今や彼女の心は籠の鳥同様に、閉ざされていた。

「カルリッツ……お願いだ」

ヴァレンティノは繰り返し、相手が従うことを信じて疑わない目で彼女を見た。しかし、それ以上に、彼女を必要としているかのような目だった。まるで二人の間には強い絆《きずな》があるかのように。それがずっと二人を支配していたかのように。

そんなはずはないとカルリッツは思った。私の中には彼への欲望などないと。しかし、実のところ、ヴァレンティノを求めていた。下腹部は先ほどの愛撫でいまだにうずき、小刻みに震えている。彼はすでに、彼女の体を当人よりもはるかによく知っていることを証明していた。

カルリッツの体はなんの抵抗も示さなかった。それどころか、骨は欲望だけでできているとさえ感じていた。

「もう一度だけ言う。僕の膝の上に」その声は硬く、口元もこわばっていたが、彼の目には淡いブルーの炎があり、刻々と濃くなっていった。

カルリッツにはわかっていた。私はその炎をどこまでも追いかけるだろうと。実際、すでに追いかけていた。

もしあの混み合った部屋の向こうから彼の心を見

たのだと信じているなら、これも信じられる。これは必然の成り行きなのだと。なんの根拠もないけれど、私が望んでいるものには追いかけるだけの価値がある、と。

だからカルリッツはもう一度、同じ信念を貫いた。彼に身を寄せ、横向きになって彼の膝の上に横たわった。

すると、ヴァレンティノはすぐさま自分の片方の脚を彼女の脚の間に滑りこませた。その瞬間、カルリッツはもう逃げられないと悟った。

カルリッツは彼の目に完全にさらけ出され、何も隠せなかった。期待と狂おしいほどの喜びで体が震えていることも。

「数えるんだ」ヴァレンティノが命じた。

彼の手のひらが柔らかなヒップをたたいたとたん、カルリッツは悲鳴をあげた。

それは喜びとは無縁で、痛いだけだった。カルリッツは逃げようとしたが、脚を絡め取られているため、逃げられなかった。

彼女は抗議しようと口を開いた。しかし、ヴァレンティノの大きな手のひらは彼女をたたいたばかりの場所をぎゅっとつかみ、続いてこすった。カルリッツは最初、ほんのわずか、彼の手のぬくもりを感じただけだったが、それはどんどん熱くなっていき、彼女に警告を与えた。

カルリッツは再びもだえたが、痛いからではなかった。

「ほら、数えて」彼は再び命じた。「さもないと、何度たたいたかわからなくなり、最初からやり直さなければならない」

人生で一度もヒップをたたかれたことがないのに、カルリッツは命令に従い、ヴァレンティノにたたかれるたびに数えた。数について彼は冗談を言っていたわけではなかった。

ヴァレンティノは激しくたたいた。彼の膝に固定されてヒップをたたかれるうちに、痛みとは別の感覚が押し寄せてきたことに、カルリッツは気づいた。打擲《ちょうちゃく》の熱が彼女の中の熱とまじり合い、何か新しいもの、扱いにくく、大きすぎて耐えられないものになるまで数を数えながら、彼女は波に身を任せていた。

これこそ私がずっと求めていたものだ、とカルリッツは思った。

つながり。激しさ。自分の中の野性。彼の手の容赦ない厳しさとリズム。

これが最初から彼に求めていたものであったかのように。安定していて、確固たるもの。彼女が夢にも見ず、求めたこともなかった完璧なもの。

カルリッツは彼に溶けこみ、陶然となった。

やがてお仕置きは終わり、ヴァレンティノは言った。「いい子だ」

それがカルリッツをさらに震えさせ、うめき声をあげさせた。そして驚いたことに、ヴァレンティノの手が彼女のヒップの起伏を滑り、熱く潤っている芯に達した。

「さあ、僕のお姫さま《ミア・プリンチペッサ》」彼はつぶやき、彼女の襞《ひだ》を強くつねった。

そのとたん、カルリッツの中のすべてが揺さぶられ、そして爆発した。

次から次へと押し寄せる快感に、彼女は嗚咽《おえつ》をもらして激しくもだえ、ヒップへの愛撫が加わるやいなや、あっという間にのぼりつめた。彼女の中で弾《はじ》けた爆発的な快感は延々と続き、永遠に終わらないのではないかと思ったほどだった。

やがて、ヴァレンティノは彼女をベッドに座らせ、自ら服を脱いだ。

カルリッツが夢遊状態にある中、ヴァレンティノは全裸になってベッドに上がり、彼女を引き寄せて横たえた。

カルリッツはすべてを一度に感じた。背中の柔らかなリネンが汗ばんだヒップを刺激する。隣にはヴァレンティノがいて、胸毛に覆われた胸は彼の顔と同じくらい男性美にあふれていた。その非の打ちどころがない体は、彼女がすべてを受け入れるのに充分すぎるほど見事だった。

隆起した腹部。筋肉が弾けそうな腕。そして、ヴァレンティノが彼女を組み敷いたときの軽やかな身ごなし。

カルリッツが柔らかな声をもらすと、彼の目がぱっと明るく輝いた。

「きみはこれから僕のすべての動きに感じるだろう」彼は恩着せがましく言った。「必要なだけ泣き叫ぶがいい。好きなだけ大きな声で」

「私は――」

「きみが言うべきことは……」ヴァレンティノは遮った。「〟ありがとう〟だけだ、カルリッツ」

そして彼女はその言葉を口にした。

そのとき初めて、カルリッツは彼の唇が美しい曲線を描くのを見た。それは今、完全に彼女のものだった。

三秒後、ヴァレンティノは彼女の中に我が身を沈めた。いっきに、激しく。

たちまちカルリッツは新たな未知の世界へと連れ去られた。

何もかもが、あまりに強烈で、あまりに新しく、あまりに荒々しい光り輝く世界へと。何もかもが美しかった。

そしてすべてが融合し、絡み合い、もつれ合い、気づいたときには、カルリッツは彼にしがみついていた。命綱のように。

彼女の脳はさまざまな感覚を分析しようと試みていた。ヒップがちくちくする感覚と、最初に感じた鋭い痛み。それに順応する暇などなかった。ヴァレンティノが彼女を完全に満たしたからだ。そして、自分の位置を確認するかのように、彼女をしっかりと抱きしめた。

　彼女は息を継ごうとしたが、すぐにそれが優先事項ではないことに気づいた。少なくとも今は違う。なぜなら、あまりに多くの感覚が押し寄せてきて耐えがたいほどなのに、そのすべてを求めていたからだ。

　それでもカルリッツはその多すぎる感覚をなんとか処理した。どうしてもそうしたかったからだ。彼女はその感覚のすべてを、ヴァレンティノのすべてを欲した。少し下腹部を引き締めると、彼は悪態の言葉を吐いた。それに気をよくして、カルリッツはさらに引き締め、自分の中にいる彼のすさまじい熱を吸収した。

　その段になって、カルリッツはようやく息を継いだ。すると、それが合図になったかのように、ヴァレンティノが動き始めた。

　カルリッツは自分にできる唯一のことをした。彼にしがみついたのだ。そのあと、ヴァレンティノがあえてゆっくりと動いていることに気づくと、彼の動きに合わせて自らも動き始めた。

　ローマで踊ったときのように。

　彼にヒップをたたかれたとき、心の中で同じように踊ったときのように。

　ヴァレンティノは彼女の奥深くを突き、引いて、抜き差しを繰り返した。

　彼の欲望のあかしはとても大きく、カルリッツは我が身を半分に裂かれているように感じたが、その感覚が気に入った。なぜなら、もう限界だと思うたび、彼は新たな深みを発掘するからだ。

　二人は一緒に動いた。カルリッツは、どうすればいいのか、どうすればもっと感じるのかを考えながら懸命に彼についていった。

脚をどんなふうに彼の体に巻きつけるか。

どうすれば、彼が胸の頂を口に含みやすいか。

ヴァレンティノは彼女の動きに応え、新しい歌のメロディーを教えるかのようにして、彼女をすすり泣かせた。

カルリッツはこれまでの人生において、皮膚の外側と内側の両方を同時に感じたことはなかった。今、彼女はその心地よさに溺れていた。

そして突然、容赦なく、快感の波が打ち寄せ始めた。次から次へと。

しかし彼は突き進んだ。襲い来る波がより大きく、より長く、より荒々しくなる。

カルリッツは、二人が同じ快楽の海に迷いこみ、溺れ死んでもかまわないと思った。

まさにこのように。

修復不能なほどに破壊されながらも、飛ぶように航海を続けているうちに、ヴァレンティノのペースが変わった。動きがぎこちなくなり、彼女を力任せに抱きしめた。痛いはずなのに、少しも痛くなかった。カルリッツは再び、自分が二つに裂けるような感覚に襲われた。

そして次の瞬間、二人は一緒に高波にさらわれ、めくるめく世界へ運ばれていった。

そのときカルリッツの頭の中にあったのは、彼の名前だけだった。

どれくらい眠っていたのか、カルリッツはわからなかった。

目を覚ますと、上掛けにくるまっていて、ヴァレンティノがあの窓辺に立っていた。カルリッツは一瞬、彼が以前の彼に戻ってしまうのではないか、以前のように振る舞い始めるのではないかと、冷たい恐怖に駆られた。

けれど、ヴァレンティノは窓のほうを向いたまま話しかけた。「おなかがすいただろう?」

カルリッツは身を起こした。喉がからからで、思わず唾をのみこむ。室内を見渡すと、暖炉の前の低いテーブルに食事が用意されていた。

確かに空腹だった。しかし、テーブルには足を向けなかった。代わりに、以前に感じたことはあったけれど、けっして満たすことのなかった欲求に従い、彼のもとへと歩を進めた。

ヴァレンティノはズボンをはいているだけで、上半身は裸だった。カルリッツは彼の背中の筋肉に顔を押しつけた。ヴァレンティノは何か言いかけたが、彼女はまだ自分の中の欲求には従わず、彼の背中のなめらかな肌にキスをした。続いて爪先立ちになり、うなじにキスをすると、背骨に沿って腰のあたりまで唇でなぞった。

カルリッツを見つめる彼の目には嵐が宿っている。彼女はヴァレンティノの前に膝をつき、ズボンのウエストに手をかけて、彼を見つめ返しながら欲望のあかしを解放した。

それはまた硬くなっていた。想像していたよりも大きく、大胆で、カルリッツはまさか自分がこんなことをしたくなるとは思ってもみなかった。しかし、これがヴァレンティノなのだ。彼女はただ彼を味わいたかった。彼を知りたかった――ありとあらゆる方法で。

カルリッツは身を乗り出し、彼を口に含んだ。ヴァレンティノは止めるそぶりを見せなかった。

彼女は存分にもてあそんだ。舌を駆使し、喉の奥まで吸いこんでみた。何度も何度も夢中で舐《な》めた。

けれど、カルリッツの下腹部がうずき始めると、それを察したかのようにヴァレンティノは彼女の口を引き離した。

「いや。続けさせて」

「これ以上は無理だ」せっぱつまったような声とは裏腹に、彼の目には笑いのようなものが見えた。

二人はベッドまでたどり着けなかった。彼は彼女の体を持ち上げて自分の体に沿わせると、柔らかな腿を両手でつかみ、欲望のあかしの上に彼女の腰を落としていった。彼女を完全に満たすまで。

そして、暖炉の前のテーブルでも、同じことを繰り返した。

一晩中、ヴァレンティノは自分の体についてカルリッツに教えたが、彼女は怖くなった。彼の体の秘密を知ってしまった今、もう元の自分には戻れない気がしたからだ。

だが、カルリッツにそんなことを心配する余裕はほとんどなかった。

その夜は彼女の人生で最も長い夜となり、カルリッツはそのすべての瞬間をいとおしく思った。

夜が明けてから、ヴァレンティノは彼女を自分の横に寝かせ、彼女を抱いて眠った。

しばらくして目を覚ますと、窓から日が差しこんでいて、部屋にはカルリッツしかいなかった。さらに、ここで何かが起こった形跡が見当たらず、不安に駆られた。恐ろしいことに、彼女が寝ていたベッドでさえ、驚くほどきちんと片づけられている。何時間もかけて食べた食事のトレイも消えていた。その一方で、彼女のドレスとスカーフ、靴は椅子の上に並べられていた。何もかも整頓されているため、かえって彼女は落ち着きを失った。

カルリッツは時間をかけてシャワーを浴びた。今まで感じたことのない体の何箇所かが痛むことに気づいたが、彼女はそれを歓迎した。

とりわけヒップが痛かったが、その痛みは彼女がゆうべ得た快感の一部のように感じられた。そのため、ヒップを意識すればするほど、脚の付け根にこもる熱も意識するようになった。

服を着て身なりを整えると、カルリッツは靴を持って部屋を出た。そして、昨日は彼を捜すのに夢中でほとんど見向きもしなかった豪邸の中を歩き始めた。この家はヴァレンティノが建てたものだと彼女は知っていた。古城のように感じられるが、実際はそうでないところがすばらしい。すべてが近代化され、暗い場所も人が歩くと明かりがつくしくみになっている。室温は完璧にコントロールされ、きわめて快適だ。見た目が古そうに見えるだけだった。

カルリッツは自国の歴史を通して、わかりやすい歴史とは人々が記憶しているような歴史だと知っていた。つまり、人々が大切にしてきた歴史だ。人々が触れることも理解することもできない歴史は、忘れ去られる運命にある。

その考えが、一階に下りてヴァレンティノを発見したとき、彼女の胸に重くのしかかった。

彼は腕組みをしてホールに立ち、しばらく待っていたかのような視線をカルリッツに注いだ。そのとき彼女が抱いたのは、彼のあらゆる部分を味わったという思いだった。

そう、私は彼の味を知ったのだ……。

「充分に休めたか？」ヴァレンティノがきいた。

「ええ、おかげさまで」カルリッツはそう答え、彼が何か言うのを待った。けれど、彼は彼女を見つめるだけだった。「その問いはあなたが口にした中でいちばんの愚問だわ」

彼の目に何かがきらめいたが、やがてそれは彼女のよく知る不透明な仮面の奥に消えていった。

「いささか激しすぎたようだ。すまない」ヴァレンティノは言った。

カルリッツは身を硬くした。「謝罪など求めていないわ」

彼は首をかしげた。「僕は昨日の出来事に、自分が思っている以上に動揺していたのかもしれない。

きみにそのいらだちをぶつけるべきではなかった」

「私たちの間に起こった出来事は、常に起こりうるものよ」カルリッツは慎重に応じた。まるで自分がガラスの破片の上に立っていることに気づいたかのように。「昨日であろうと、ほかの日であろうと、避けられないことだったと思う」

「僕はそうは思わない」

ヴァレンティノはぴしゃりと言った。恐ろしいほどの確信を持って。それは彼女の心を揺さぶった。

彼はそれを察したようだった。「僕の警護チームが、きみを待っていたボートを見つけ、こちらに向かわせている。必要なら、もう一艘《いっそう》用意する。知ってのとおり、ここは潮の満ち引きが激しい島で、干潮は一時間後だ。お望みなら、本土まで車で行くこともできる。歩いても行ける」

カルリッツは信じられない思いがした。そして、これほどまでに自分の手には負えないと感じたのは久しぶりだった。もしかしたら一度もなかったかもしれない。ヴァレンティノが自分をとても魅力的で、生きていると実感させてくれたという事実がなかったかのように、彼女は今、気まずい思いをしていた。自分が誤解していたかのように。このすべてが最初からつくり話にすぎなかったかのように。

「ヴァレンティノ――」

カルリッツは遮った。「きみと僕はもう会うことはないだろう。二度と」ヴァレンティノはそう言って彼女をまっすぐ見つめた。彼の視線には特に不可解なものは何もなかった。

胸が張り裂けそうだった。けれど、なんとかこらえ、彼女はささやいた。「そうなの？　本当に？」

「僕がきみに言えることは、僕がずっと前からきみに言ってきたことだ」

カルリッツは彼の声をほとんど認識できなかった。あまりにもなめらかで、あまりにも抑制されていたからだ。

「こんなことはありえない。昨夜の出来事はけっして起こってはならなかった。カルリッツ、きみと僕の人生が交わることはない。これからもずっと」

そして、これこそありえないことに、ヴァレンティノは彼女に背を向けて立ち去った。

恥ずかしいことに、カルリッツはヘリコプターが飛び立つ音を聞くまで、ヴァレンティノが本当に彼女を置き去りにするとは思っていなかった。

彼女が膝からくずおれたとき、それを見ていた者は一人もいなかった。彼女が泣きじゃくるのを見た者もいなかった。

もちろん、それはいいことだった。

とはいえ、床は固く、時間がたつにつれて冷たくなっていった。カルリッツは潮の満ち引きについて彼が言ったことを思い出した。

そこでようやくカルリッツは立ち上がった。服と自分の尊厳の残骸を拾い集め、呪われた島から出ていくために歩き始めた。絶対に振り返らないと決めて。そして、これが何かの間違いだったらいいのにという些細《ささい》な願いさえ抱かなかった。なぜなら、これは紛れもなく現実なのだから。

私はなんて単純で愚かだったのだろう。カルリッツは唇を噛みしめた。

やがて本土に足を踏み入れたとき、彼女はその場で誓った。イタリア全土との決別を、そしてヴァレンティノ・ボナパルトとの決別を。

永遠に。

4

三カ月後、七月初めにこの地で見た輝かしい夏の面影を残した九月末のある日、カルリッツは干潮のイタリアの海岸にたたずんでいた。

何もかも憎んでいた。とりわけ自分自身を。

いいえ、違う。カルリッツは否定した。私は二番目だ。最も憎いのはヴァレンティノ・ボナパルトだ。

「こんなこと、したくない」彼女がつぶやいた言葉は微風に運ばれ、浜辺を越えて村へと向かった。ボナパルト一族が闊歩《かっぽ》するずっと前からそこにあった村へ。

でも、とカルリッツは思った。ここに戻ってきた以上は、やるべきことをやらなければならない。彼女は自分を叱咤《しった》して歩きだした。

前回この島を出たときのことを、カルリッツは鮮明に覚えていた。結婚式を阻止しに行くために選んだ靴は歩きにくく、裸足《はだし》で歩かなければならなかった。前夜と同じ、スカーフと奇妙なドレスで。

あれほど羞恥にまみれた散歩があっただろうか。ヴァレンティノ・ボナパルトのすべてから立ち去ったその朝、カルリッツの爪先は濡《ぬ》れた砂で冷たくなり、全身の筋肉が悲鳴をあげていた。

その日、カルリッツが本当にしなければならなかったのは正午前に公衆の面前に姿を現すことだけだったが、なんらかのスキャンダルが取り沙汰されるのを覚悟していた。タブロイド紙にとっては、彼女が誰かから男性を紹介されただけで、その男性と交際していることになる。彼女はその極端さをいつもおもしろがっていた。

ヴァレンティノの家から立ち去ったあと、カルリッツはもうメディアにおもしろおかしく書きたてられるような言動はつつしもうと決めた。もちろん、これまでもメディアに非難されるようなことはしていない。ただ、世間にどう思われようと無頓着でいられるほど自身を愛せる人が羨ましかった。

もはやカルリッツは、あの日のような立場に再び身を置くなど想像もできなかった。まして、ヴァレンティノ以外の男性と一緒にいるなど、考えただけで気分が悪くなった。

ヴァレンティノの島を出てイタリア本土の海岸に到着したとき、カルリッツは心の整理がついたと自分に言い聞かせた。それから自分の愚かな行為の後始末に取り組んだ。自信はそれなりにあるが、手間取る可能性もあった。

カルリッツはローマ行きの列車に乗ると、彼女の行動をおもしろく思っていない警護チームに電話をかけ、ローマで落ち合うことにした。そして、ローマのお気に入りのスパで数日を過ごしたあと、ラス・ソセガダスへの帰国の途に就いた。

宮殿では、ミラがスタッフの用意した各国の新聞の束を携え、世界中がカルリッツの恋人と思いこんでいた男性の結婚式が中止された件について問いただそうと待ち構えていた。

「私はヴァレンティノの結婚式には招待されていなかった」カルリッツは冷静に答えた。しかしそれは、彼女がめったに使うことのない鋼のような冷静さで、姉の眉をひそめさせただけだった。「だから、あの島で起きたことと私は無関係よ」

「でも、大変なスキャンダルになっているわ」ミラはそう言って新聞の束を示した。「世間はその話題で持ちきりよ。もちろん、彼の最も有名な元恋人としてあなたの名前も挙がっている」

火のないところに煙は立たない――そのことわざ

は正しい。確かにカルリッツは彼と寝ていたのだから。しかし、ありもしない情事をでっちあげていたときにも、〝煙〟が立っていたのも事実だった。

彼女は肩をすくめてみせたものの、平静を保つのは難しかった。「タブロイド紙が憶測だけであることないこと書きたてるのは、そして、それを止められないのは、姉さんもよく知ってるでしょう」

母親から同じような尋問を受けたあと、カルリッツはそそくさと宮殿内の自分のアパートメントに逃げこんだ。ベッドに入って毛布にくるまり、これからどう生きていくか考えた。その結果、カルリッツは徐々に、あの朝ヴァレンティノに拒絶されたことで私は救われたのだと思うようになった。

彼女はいつも、もし彼が二人の間の化学反応に屈して関係を持てば、さすがに彼も気づくだろうと信じていた。そして、彼は〝こんなことは起こりえない。きみとの間には何もない〟と言うのをやめるだろうと。

ヴァレンティノは確かに気づいた。それでもなお、彼はカルリッツと関わり合うのを拒んだ。

それはある意味、彼女に解放感をもたらした。

数日後、家族の前では平気なふりをしながら、自室で胎児のような体勢をとり続けることに嫌気が差したとき、カルリッツは宮殿にある自分だけのアトリエに行った。そこは風通しのいい部屋で、もう何年も足を踏み入れたことがなかった。入ろうと考えたことさえなかった。けれど、タブロイド紙に記事を載せるより絵を描くことのほうが感情の発散には有効だと気づいてはいた。

カルリッツはすっきりした気持ちでそこに落ち着いた。いちばん好きなキャンバスの前に座ると、すぐにもインスピレーションが湧いてきて、学生時代に夢中になっていた絵の世界に飛びこんでいけると確信していた。そんなときはいつも、絵が完成して生まれ変わった気分でアトリエを出るまで、彼女は油絵の具にまみれた。

しかし、その日はかなり長く座り続けても、絵筆をとることはなかった。

カルリッツはすべての色、すべての形を見ながら、ヴァレンティノを、二人がしたことを思い出した。さらには、彼の手形をヒップに感じた。

何日もかかってそれがしだいに薄れ、やがて消えたとき、カルリッツは号泣した。

帰国して二週間近く、母親が再び夫選びの話を持ち出した。今回、母親がその話題を振ったのは、毎週恒例の家族三人、水入らずの夕食会の席だった。

女王と王女が独身でいることの不都合や、家族の結束の固さが王室への敬愛と支持を高めることなど、お気に入りの話題について母親が自説を長々と述べたあとで、ミラは母親をたしなめた。

「お母さま、カルリッツが苦しんでいるのがおわかりにならないの？　彼女がとても親しくしていた男性と別の女性との破局が大々的に報道されたにもかかわらず、彼がカルリッツの近くに現れる気配はない。つまり、カルリッツの愛は報われなかったとしか思えない。そんな女性に必要なのは、花婿探しのアドバイスではなく、優しさよ」

カルリッツは、目の前の皿に視線を移しながら、そんなふうに簡単にまとめられてしまうのは耐えがたいと思った。姉は、ヴァレンティノはあなたに興味がないと言ったも同然だった。

やっとの思いでカルリッツは顔を上げた。そして姉にほほ笑みかけ、次に母親を見た。

「お母さまは、私に結婚してほしいと言い続けている。でも、私たちが少女時代に数えきれないほど受けた、義務や責任についての退屈な講義にのっとれば、女王陛下が最初に結婚しなければならないことは間違いないわ」

「確かにそのとおりよ」母親は同意した。

「私はしばらくは結婚しないつもりよ」ミラがきっぱりと言い、ワイングラスをもてあそびながら続けた。「私はまだ若すぎるもの。結婚相手が権力に執着していないと確信できるまで、しばらく待つ必要があると思うの」

「それは理解できるわ」母親は同情を込めてつぶやいた。ほんの数日前、カルリッツに、遺産と血統を維持するためにミラはすぐにでも結婚しなければならないとわめき散らしていたにもかかわらず。

「わかったわ」カルリッツは、自分の発した言葉に我ながら驚いた。「姉さんの準備ができるまで、私が一族の遺産を引き継ぐのもいいかもしれない」

いつもとは違って母親も姉も何も言わないので、カルリッツは二人の顔を交互に見た。すると、二人とも多かれ少なかれ驚きの色を浮かべて彼女を見返した。ミラは好奇心から、母親は疑念から。

「冗談ではなく」カルリッツは語気を強めた。「私は自分なりに何かを成し遂げなければならないと思ったの」それは王室と国に対する義務を果たすのと同じことかもしれない、と彼女は胸の内でつぶやいた。母が何度も、そして声高に指摘してきたように。

カルリッツは手始めに、プリンセスの結婚のために結成されたチームと打ち合わせを重ねた。彼らはまず、彼女の全人生を驚くほど徹底的に調べあげ、あらゆる種類のぶしつけな質問を投げかけた。

「私は願っています」ある時点でついに我慢がきかなくなり、カルリッツは口を挟んだ。「私が王女であり、ラス・ソセガダスの女王の妹であるという事実が、あなた方が作成しようとしている私の履歴書の代わりとなることを」

「確かに」傍観していた母は腹立たしげに同意した。

カルリッツは驚いたものの、それは間違いなく心強い援軍だった。

「お許しください、殿下」このチームの責任者である女性首席補佐官は即座に謝罪した。「これは履歴書ではありません。当然ながら、カルリッツ王女はご自身を売りこむ必要はありません。あなたはトロフィーなのです。私たちは、殿下にふさわしいお相手を選ぶために、できる限り多くの情報を集めているにすぎません」わずかな間があった。「もちろん、殿下だけではなく、王国にも利をもたらすような男性を選ばなくてはなりません」

脳裏に、険しい口元と淡いブルーの瞳を持つ男性の顔が浮かび、カルリッツはすぐに振り払った。昼日中に彼のことを考えるのを自分に許さなかった。夢まではコントロールできないけれど。

その後、カルリッツは国が必要としているものについて聞かされ続けた。彼女の家族が、数えきれないほど多くの点で王国と密接かつ複雑に関係していることを、彼女が知らないかのように。まるで、彼女が別の国で生まれ育ったために、ラス・ソセガダスのことを何も知らないかのように。

とはいえ、会議に出席して、ヴァレンティノのことを考えるのを断固として拒否しているうちに、カルリッツは元気になっていった。

確かに、彼女は心の片隅に灰色の靄《もや》が少しかかっているように感じていた。人によってはそれを鬱病の兆候と見なすかもしれないが、王族にはそのような状態に陥ることは許されない。そのため、カルリッツは平気なふりをした。

カルリッツの日々は重要な任務で埋めつくされていた。女王を支えて、テープカットに出席したり、感謝のスピーチをしたり。常にほほ笑み、ポーズをとって。第二次世界大戦中のような服を着せようとする宮殿の衣装スタッフと言い争うのも放棄して。

カルリッツは、ヴァレンティノ・ボナパルトにまつわることはいっさい考えないという厳格な方針を自分に課していた。まるで彼が存在しないかのように。それが原因だとは思えないが、このところ気分の優れない日が多かった。病気にかかったわけではなく、ただ倦怠感《けんたいかん》が続いているだけで、いずれおさまるだろうと思っていた。

何事も時の流れが解決してくれると。

いずれにせよ、彼との出来事はきれいさっぱり忘れるべきなのだ。そのほうが、姉から沿道で彼女を歓待する国民まで、関係者全員にとってよかったに違いない。私が弾《はじ》けてきらきら輝いていたことなどなかったふりをしたほうが。それに、結局のところ、私は演技をしていただけなのだから。

おそらく、今の私こそが、成熟を遂げてバージョンアップされた新しいカルリッツ王女なのだろう。

九月に入ると、カルリッツはチームが慎重に選んだ男性とデートをするようになった。もっとも、実体は面接に近かった。男性たちはすでに、カルリッツ王女の夫候補として検討されていると、あらかじめ説明を受けていた。だから、誰もが礼儀正しかった。彼らは皆、これといって特徴のない凡庸なハンサムばかりで、典型的なヨーロッパ人に見えた。彼らは高級服飾店で調達した服を身につけ、自分の出自やポートフォリオについて嬉々《きき》として話した。そして、判で押したように髪の生え際が後退していた。

ある日の夕方、イベントから帰ってきたばかりのカルリッツにミラが言った。

「みんな、醜いわね」

カルリッツは若い時分の習慣で、帰宅するなりドレッシングルームに忍び足で直行した。そして、ミラが寝る準備をしている間、そこでくつろいでいた。なぜなら、唯一ミラがミラ自身でいられる貴重な寝支度の時間を邪魔したくなかったからだ。

その日はなぜか、ミラがドレッシングルームに入ってきて、そう言ったのだった。

「醜いは言いすぎじゃないかしら」カルリッツは、ワイングラスを片手に手近な長椅子で丸くなりながら言った。「どの男性も完璧ですてきよ。驚くほどふさわしい人ばかり」

ミラは首を横に振った。「褒めすぎよ」

「褒めているなんて全然思っていないわ」カルリッツは笑って応じた。しかし、姉にきわめて冷静な視線を注がれると、カルリッツも冷静になった。

「私は誰とも出会えないでしょうね」ミラは淡々と言った。その声には自己憐憫《じこれんびん》のかけらもない。「私はそれを受け入れたの。でも、少なくともあなたにはその喜びを味わってほしいと心から願っていた。恋に落ちる喜びを」

「私は愛という概念が好きよ」カルリッツは慎重に切りだした。描きかけのキャンバスを思い浮かべながら。そこには、太陽の下、肌に残る熱い手形を意識しながら、彼女が一人で満潮が迫る砂州を歩く姿が描かれていた。「ファンタジーが大好き。ロマンス小説を読んだり恋愛映画を見たり、愛を謳《うた》った歌を口ずさんだり。でも、現実は違う。そうでないふりをするのは愚か者だけ」

ミラはしばらく妹を見ていたが、話題を変えたので、その話はそれっきりになった。

カルリッツは、チームのメンバーにも、彼らが選んだ男性たちについて何一つ文句を言わなかった。それは誰にとっても好ましいことではなかった。なぜなら、相手のどこが気に入り、どこが気に入らなかったか、彼女が一言も口にしないため、花婿候補を絞ることがきわめて難しかったからだ。

首席補佐官は、王女の好みのタイプを具体的に知ることがこの作戦の要であることを彼女に伝えるしかなかった。

九月の別の夜、カルリッツはプライベートな居間で女王お気に入りのソファに姉と並んで座り、公の場では見たことがないふりをしているテレビ番組を見ていた。そしてふと思いついたことを口にした。

「候補者全員の名前を小さな紙に一枚一枚書き留めて、その紙片を帽子の中に入れ、くじ引きみたいに一枚を引くの。で、その人と結婚する。そうすれば、あっという間に問題は解決し、前に進むことができるわ」

ミラはカルリッツをにらみ、静かに言った。「私は反対よ」

強い言葉とは裏腹に、姉の声は限りなく優しく、カルリッツは泣きたくなった。

「ヴァレンティノ・ボナパルトについては話したくないでしょうが、彼の結婚式が中止になって以来、あなたはずっと憂鬱そうで、引きこもりがち。あなたのことを形容するのにこんな言葉はふさわしくない。私が思うに、今のあなたは――」

カルリッツは笑った。その笑い声は苦々しさに満ち、いかにも不自然だった。「傷心？　そうよ、ミラ。ええ、そのとおりよ」

口に出したことで、カルリッツは解放感を覚えた。なぜなら、自分がどう感じているかまったく考えないようにしていたからだ。そして今、彼女はどこもかしこもひりひりと痛んでいだ。まるで心臓が粉々に砕け散り、出血を防ぐために急いで防護壁をつくらなければならないほどに。

しかし、カルリッツはそれをけっして表には出さなかった。「私は、誰もが人生で少なくとも一度はひどい失恋をしたほうがいいと思っているの。だって、失恋することで何か大切なものを見つけることができるから。大切なのは感情ではなく、事実だということを。ときには、それをつらい経験から学ばなければならない場合もあるわ」

「傷心とか失恋とか、そんなことを言うつもりじゃなかったの」ミラは静かに言った。その視線は相変わらず優しすぎた。「私は……あなたが妊娠しているんじゃないかと……」

ヴァレンティノの島への唯一の通り道であり、干潮のときにしか現れない砂州で、カルリッツは足を踏み鳴らした。

カルリッツは目を見開いたものの、姉の言葉を無視した。しかしその夜、彼女は目を覚まし、天井を見つめていた。ヴァレンティノとのあの邪悪な一夜、二人とも一度も避妊について触れなかったことを思い出しながら。

触れなかった理由を、彼女は知っていた。

少なくとも最初は避妊のことが頭にあった。しかし、彼にキスをされ、誘惑されたせいで、頭が真っ白になってしまったのだ。そんな状況に陥ったのは生まれて初めてだった。だからといって彼を許す気にはなれなかった。

カルリッツは何日も悩んだすえに、花婿探しの次のステップについて深く考えているとチームのメンバーに話した。そのあと、お気に入りの都市、ニューヨークに発《た》った。そして警備の目を盗んで、いちばん近いドラッグストアに飛びこんで妊娠検査キットを買い、次に、最初に見つけたバーのトイレに入った。幸い、思った以上に事はスムーズに運んだ。

カルリッツはその場で試した。

そのトイレで思わず長居をしてしまい、危うく国際問題に発展するところだった。自分が望んでもいない結果を見つめ続けていたせいで。

その結果は二本の線で示されていた。

カルリッツはウエスト・ヴィレッジにあるアパートメントに滞在していた。いつもはそこを拠点にして、美術館に赴いたり、彼女の素性をまったく知らない大勢の友人たちとランチやディナー、お酒を楽しんだりする。しかし今回は、どこにも行かず、ただじっとソファに座っていた。お気に入りのレストランから食事を取り寄せたものの、食べる気になれず、ひたすら壁を見つめて考えていた。

あの夜のことを、何度も何度も。その翌朝も。

次にどうするべきか、見当もつかなかった。

そして今、カルリッツはここにいた。

ヴァレンティノに妊娠のことをいっさい話さないことも考えた。彼は知るに値しない。あの夜とその余波を含めて、二人の交流はすべてひどいものだった。実のところ、彼女はこの数カ月で、彼を追いかけまわすことに多くの時間とエネルギーを費やしてきたことを恥ずかしく思うべきだと悟った。本当に恥ずかしいとしか言いようがない。

とはいえ、カルリッツは自ら出した結論に関しては充分に妥当性があると考えていた。とりわけある真実は揺るがないと。それは、赤ん坊のせいではないということだった。

ヴァレンティノと違い、カルリッツは冷酷な人間ではなかったから、知っている限りの彼の生い立ちに同情することもできた。父親が妻と住んでいた家で家政婦と関係を持ち、妻と家政婦をほぼ同時に妊娠させたのだという。息子たちの関係についてはのちに明らかにされた。そんな家で育ったら……。

カルリッツは、これまでの行状について、お世辞にもすばらしいとは言えないことを知っていた。けれど自分は残酷ではないと思いたかった。もしヴァレンティノが子供と接したいと望むのであれば、それは自ら選択しなければならない。私は彼にどんな選択も強いたりしない。

彼女はイタリアに着くまで、この件について徹底的に自問し続けた。私は本当に正しいと思って行動しているのだろうか？　それとも、ヴァレンティノにもう一度会うための口実にしているの？

しかし、自問するたび、彼女はホールでの彼との最後の瞬間を思い出していた。一晩中、互いを求め合ったあとでも、ヴァレンティノはあの不透明な仮面をつけていた。

「いいえ」彼女は声に出してつぶやいた。「彼に会うために来たんじゃない」

ニューヨークから帰国したとき、カルリッツは宮廷医にこっそり診察してもらった。医師は、彼女がすでに知っていたこと——もうすぐ三カ月になることを追認した。さらに医師は言った。赤ちゃんは元気に育っていて、すべて順調です、と。

その夜、ミラが夕食の席で言った。〝久しぶりに元気そうね〟

〝ええ、ようやく〟カルリッツは笑顔で応じた。

嘘《うそ》ではなかった。目的は持たずとも、計画はあったからだ。


カルリッツはまず、ヴァレンティノに話すつもりだった。彼が予想どおり否定的な返事をしたら、次の計画を練り始める。自分には二つの進むべき道があると彼女は考えていた。一つは、姉に恥をかかせないように、どこかでひっそりと暮らすこと。一度だけ訪れたことのあるニュージーランド、その南島にあるワナカという小さな町に、カルリッツは憧れていた。その魔法のような島にはクリエイティブな人たちがたくさん住んでいた。そこでなら、シングルマザーでも安心して子供を育てられるだろう。

もう一つは、もしミラが受け入れる気があるなら、子供を宮殿で育てるという選択だった。

いずれにせよ。まずはヴァレンティノの出方にかかっていた。

カルリッツは潮の流れに注意しながら歩き続けた。島に近づくにつれ、そして丘の上に立つヴァレンティノの豪邸が見えてくるにつれ、疲労を覚え始めていた。この数カ月間、運動から遠ざかっていたからだと自分に言い聞かせていたが、それが事実ではないことは自覚していた。

再び砂州を歩いているうちに、あの夜ヴァレンティノが教えてくれた自己意識が呼び覚まされた。

自分が本当は何者なのか、自分の体はなんのためにつくられたのか、そして二人の人間にどれほどのことができるのか。

「新しい命をつくることも含めて」大事なことを忘れないよう、カルリッツは自分に言い聞かせた。

彼女の体は、この島とあの夜のことをはっきりと覚えていた。動くたびに、脚の付け根が湿り気を帯びていく。呼吸は浅く、情熱と欲求をすべて吐き出すかのようだ。そんな自分に、カルリッツはうんざりした。

島に着くと、彼女はヴァレンティノの家へと続く糸杉の並木道を歩き始めた。今回は彼女以外に歩いている者はいなかった。服装も前回とは違い、至ってシンプルだ。着飾る必要はなく、ウエストにゴムが入っているジーンズ、靴は砂の上を歩くのに適したものを履いていた。上はゆったりとしたボタン付きのシャツを着て、その下はキャミソール一枚だった。あとは日差しを避けるための帽子。

まるでサファリに出かけるような格好だが、今日、はたして目当ての大物を狩ることができるかどうかは疑わしかった。

三カ月前と同じく、カルリッツは丘の中腹に刻まれた階段をのぼり、玄関まで歩いてドアを開けた。

今回、家の中は閑散としていて、スタッフの姿も皆無だった。

そして、ヴァレンティノがまるで彫像のように、前回とまったく同じ姿勢で立っていた。今日は階段の下にいたが、腕は組んだままで、相変わらず不機嫌そうに見えた。

　ああ、神さま、私をお救いください。カルリッツは思わず祈った。なぜなら、ヴァレンティノを見たとたん、彼の唇に何ができるかを思い出したからだ。さらに、自分がついていた嘘のすべて、また彼にされたいと思っていたことのすべてを。

「カルリッツ、最後に会ったとき、僕ははっきり言ったと思う」ヴァレンティノが先に口を開いた。

　そのとき、彼は私が来るのをどこかから見ていたのだ、とカルリッツは悟った。

　彼はこの対決を予期し、スタッフを追い払ったに違いない。ドアに鍵をかける代わりに。

　体の震えがひどくなり、カルリッツはそれを憎んだ。そして彼を憎んだ。それでも、彼女が正当な理由もなくここに戻ってきたとヴァレンティノが考えたという事実に、にもかかわらず彼女を待ち構えていたという事実に、いささか興奮を覚えた。なぜなら、彼女の中には、彼とまた裸になりたいという気持ちしかなかったからだ。

　けれど、カルリッツはその危険な考えを脇に押しやった。「ええ、あなた以上にはっきり言える人はいないでしょうね」

　そう言いながらも、彼女はヴァレンティノを受け入れた。自分ではどうすることもできなかった。彼女は彼の体の隅々まで視線を走らせ、欠点を探した。

　だが、徒労に終わった。

　ヴァレンティノは堕天使には見えなかった。堕《お》ちることなど夢にも思わず、それどころか、堕ちた者に救いを与える天使に見えた。

「あなたが相変わらず不愉快そうにしているのがわかってうれしいわ」

　彼は何も言わず、ただ彼女をにらみつけた。

「本当はもっとまともなやり方――電話をしたかった。でも、たとえあなたの電話番号を知っていたとしても、出ないのは明らかだった。メールも同じ。

だから、私は今ここにいるの」

「なぜきみは物事の真実を受け入れることができないんだ？　あきれるばかりだ。きみは僕を窮地に陥れようとしている。僕がそこから抜け出す方法をきみは気に入らないと思うが？」

「でも、抜け出す必要はないわ」カルリッツは言い返した。「私は遠くから、しかも今にも消えそうな砂州を歩いてやってきた。伝えたかったことを伝えるために。私が何を言っているかわかる？　本当はこんな会話はしたくないのに」

「それでも僕たちはここにいる」

カルリッツはため息をついた。「この前ここに来たときのあなたのひどい振る舞いに遭って、もう二度と会いたくないと思ったわ。おめでとう、ヴァレンティノ。あなたはついに成功したのよ。今の私はあなたになんの関心もない。あなたが生きようが死のうが、どうでもいいの」

ヴァレンティノの眉がつり上がった。彼女の言葉が凶器となって胸に刺さったのだろうか。いずれにせよ、彼女が気にする必要はなかった。

「カルリッツ――」彼は警告を含んだ声で言った。

彼女の体はその呼びかけを甘美な約束として受け止めた。それがなんなのか、あとで一人になったときに、解き明かす必要がある。そう思いながら、カルリッツは手を上げて彼の口を封じた。

「私はあなたの赤ちゃんを産むわ」彼女は単刀直入に切りこんだ。「この情報を得て何をしようが、あなたの自由よ」

そして、彼女はついに正しいことをした。踵《きびす》を返して自分の意思で彼から離れ、玄関に向かったのだ。そう、あくまで自分の意思で。

5

ヴァレンティノは、自分は厄介なカルリッツ王女にまつわる白昼夢を見ているのではないかと思った。運命の結婚式の夜から、彼は妄想に悩まされていた。きっとこれも、彼女にまだ悩まされている証拠なのだろう。彼女に対するこの地獄のような欲求という悪魔を祓《はら》うために、僕はもっと努力する必要があるらしい。

彼はホールに並ぶ大理石の彫像の一部であるかのようにそこに立ちつくしていたが、鼓動があまりにも速く、あまりにも激しく、これが白昼夢ではないことを物語っていた。あいにく彼は大理石でできてはいなかった。あくまで血の通った人間だった。

だからこそ、カルリッツが伝えに来た情報に衝撃を受けているのだ。

ヴァレンティノは我に返るなり、彼女のあとを追った。彼女が勢いよく閉めたドアを開け放つと、彼女が猛スピードで庭を移動しているところだった。走ってこそいないが、彼からできるだけ早く逃げようとしているのは明らかだった。

カルリッツが遠ざかっていくのを見て、彼はいやな気持ちになり、苦虫を噛《か》みつぶしたような表情を浮かべて追いかけ始めた。彼女とは関わりを持つなと繰り返し自分に言い聞かせてきたが、思うに任せなかった。弟が引き起こした結婚式のスキャンダルのあと、自分の評判がどうなったかを調べるためだと自分に言い訳しながら、紙とオンラインの両方で新聞を読みあさった。結婚式が中止になったことを告げるどの記事も、カルリッツについて触れていたが、目新しい内容は特になかった。

彼女は再びパーティに繰り出してスキャンダルをパパラッチに売りこみ、弟の背信行為と婚約者の誓約書不履行をねたに僕を苦しめようとするに違いない。ヴァレンティノはそう推測していた。ところが、まるで地球上から姿を消したかのように、カルリッツの動向はぷつりと途絶えた。

二人が性的関係を持ったことは一度もないのに、いかにもあるように見せかけて信じられないほど多くの人々の関心を引きつけるために、彼女がどれほど骨を折ったか、ヴァレンティノは知っていた。

そして、カルリッツに手を出すほど自分は無分別ではないと自負していた。初対面のときから彼女に欲望を抱いていたものの、自分にはふさわしくないとわかっていた。なぜなら、人が自分の責任や魂さえも犠牲にして欲望に身を任せたときに何が起こるか知っていたからだ。それが目の前で繰り広げられるのを見て苦しみながらも、ヴァレンティノは生き延びてきた。とはいえ、その苦い経験は今も彼の人生に影を落としている。

そして今、父親の不倫がもたらしたトラウマと、それが引き起こしたすべての痛みに加え、カルリッツがヴァレンティノを悩ませていた。毎日、一晩中、一日中。

ヴァレンティノは想像すらしていなかった方法で破滅した。それはすべて彼女のせいだが、自分自身にも落ち度があったとわかっていた。

その証拠に、ヴァレンティノは今、カルリッツを追いかけていた。もっと早く彼女ときっぱりと縁を切るべきだった。ローマでのあの夜、そうするべきだったのだ。彼女に向かっていくのではなく、離れていくべきだった。彼女を腕に抱くべきでも、踊るべきでもなかったのだ。

しかし、今さら悔やんでも遅い。

丘のふもと、結婚式を挙げるはずだった礼拝堂の前で彼女に追いついた。ヴァレンティノは彼女の手をつかもうと手を伸ばしたが、いったん下ろして肘をつかんだ。カルリッツの手を握るのはよくないと思ったからだ。実際、これまでは何もいいことはなかった。

「すまないが、もう一度言ってくれ」ヴァレンティノは彼女と歩調を合わせ、精いっぱい落ち着いた声で言った。このような状況下ではそれが平静を保つ唯一の武器になると知っていたからだ。仮に、自分の人生が台なしになるかもしれないという瀬戸際でも、有効な武器があるとしたら。「きみの言葉を聞き取ることができなかったんだ――正確には」

カルリッツはドアを乱暴に閉めたときと同じような勢いで立ち止まり、おもむろに振り返った。「あなたの子供を産むと言ったの！」彼女はかぶっていたつば広の帽子を頭から払いのけ、髪を撫《な》でつけながら警戒したような視線を彼に注いだ。「妊娠してどれくらいか知りたい？　あなたなら、わかるでしょう？」

「いや、無理だ」即座に返しながらも、ヴァレンティノは自問していた。本当にそうだろうか？

彼はあの夜のことを何度も細部まで思い返していた。そしていつも、予防策をとるのに時間を割いた記憶がないことに思い当たった。とはいえ、妊娠させた可能性という観点で考えたためしはなかった。それよりも、避妊具を使わないときの気持ちよさばかりに気が向いた。彼女の秘めやかな部分が自分のために特別につくられたかのように。

その発見は別に特別なことではなく、昔から男たちが知っている事実だった。

「じゃあ、人体に関する生物学の講義をしてあげましょうか？」カルリッツが揶揄《やゆ》した。「とても単純なことよ。セックスのときに避妊策を講じなければ、誰でも妊娠する可能性があるの。驚いた？」

「きみはピルを服用しているんじゃないのか?」それが今のヴァレンティノにできる唯一の質問だった。

カルリッツは表情を変えることなく、疑わしげに目を細くして彼を見返した。「どうして私がピルをのんでいると思ったの?」

「恋人に避妊を任せっきりにするのはかなり無謀だからだ」そう言いながらも、ヴァレンティノは彼女がほかの男といる光景を想像したくなかった。「恥ずかしながら、男というのは避妊に多くの注意を割いたりしないものだ」

そんなことを吐露するのは嫌いだが、彼がどう思おうと、それは真実だった。好きも嫌いもない。

カルリッツは首を横に振り、まだヴァレンティノ一人に責任があるかのように彼を見すえていた。

「そんなのは……あなたがその瞬間の情熱に押し流されて避妊を忘れたことを、一般化しているだけ」

彼が反論される前に、彼女は言葉を継いだ。「お願いだから、言い訳はやめて、ヴァレンティノ。私はピルをのんでいなかった。そして、あなたは避妊を忘れ、私もあなたに頼まなかった。二度と同じ過ちを繰り返すつもりはないけれど。もう懲り懲り」

ヴァレンティノは耐えられなかった。妊娠についてカルリッツが言ったことでも、彼を見る彼女の目でもなく、彼女に対する自分の見方が間違っていたことに対して。彼はこれまでずっと、カルリッツのことを知っていると確信していた。この女性は抑えのきかない性格で、暗い印象はなかった。なのに今は、自分の母親と重なって見えた。ただし今回は父親ではなく、彼自身の問題だった。ヴァレンティノは知らず知らず父親と同じことをしたような気になり、気分が悪くなった。

「きみの言うとおりだ。きみに責任を押しつけてはいけない。僕たち双方に責任がある。すまなかった。きみみたいな女性が危険を顧みずに僕と関係を持ったことは驚きだが、それと同じくらい、僕は自分が犯した過ちに愕然《がくぜん》としている」

その率直な告白に、ヴァレンティノは我ながら悦に入った。大人同士の二人がベッドを共にしたのは事実なのだから、くだらない泥仕合をする必要はまったくない。

だが、カルリッツは首をかしげて彼をじっと見つめた。「きみみたいな女性？」

彼女は不思議そうに繰り返した。彼が違う言語を話しているかのように。

「それって、私がバージンだったことを言っているの、ヴァレンティノ？　あの夜、あなたは私の純潔を奪った。お仕置きまでされたけれど、私はうれしかった」彼女の目は彼が今まで見たこともないほど輝き、頬には彼女の激しい気性の表れと思われる赤みが差していた。「行為の最中に、避妊に対する私の考えや経験不足についてあなたに説明する時間や余裕はなかった。その点は謝るわ。ごめんなさい」

ヴァレンティノはひたすら彼女を見つめていた。怒りを爆発させたいのか、それとも再びキスをしたいのか、自分でもわからないが、どちらの選択肢も気に入らなかった。

すると、カルリッツはいらだちと嫌悪の中間のような声をあげた。そして彼を迂回《うかい》し、この時点ではまだ見えている砂州を引き返した。潮の流れは刻々と変わり続けていた。

ヴァレンティノの世界はまるでスノードームのように激しく揺さぶられた。彼がそんなふうに感じたのは、これで三度目だった。

最初は十二歳、兄弟のように仲のよかった親友が実は本当の兄弟だと知ったときだ。

二度目は母親が亡くなった夜。その夜、父が母を救うことができた、あるいは少なくとも救おうと努力するべきだったのに、父はそうしなかったと悟ったときだ。

そして今日。

もしあの夜、王女がバージンだったとしたら、ヴァレンティノが彼女について知っていると思ったことは、すべて間違っていたことになる。

いつも自分に誇りを持っていた彼は、そんな間違いを犯した自分を許せず、衝撃を受けた。

そう、ヴァレンティノはまたしても、暗く救いのない淵《ふち》に突き落とされたのだ。

幼い頃、家族や人生全体に対して絶望したように。あの夜、父親が本当の怪物だと知って絶望したように。

どれくらいそこに立っていたのかわからなかったが、ヴァレンティノははっと我に返り、彼女を再び追いかけ、なんとか追いついた。

「あなたが何を言うか、わかってるわ」カルリッツは浜辺に向かって突き進みながら、頬を紅潮させて言った。「私の言うことが信じられないと言うんでしょう？　そして、私がバージンだったことを証明するよう求めるのよ。あの夜、痛みさえ快楽の一部であったことをあなたは知っているはずなのに」

「カルリッツ……僕はきみを信じる」彼は喉から絞り出すような声で言った。「きみを傷つけるつもりはなかった」

ヴァレンティノは彼女の中で何かがぱちぱちと音をたてたのを聞いた気がした。怒りだろうか。

「傷つけられたなんて言ってない」カルリッツは叫んだ。「私は傷ついてなんかいない。あの朝、あなたはひどいことをした。二人の間に何もなかったかのように振る舞うなんて。けれど、私は傷ついてなんかいない。そして今、なぜあなたが追ってきたのか、私にはわからない」

彼女はヴァレンティノに向かって手を差し出した。それが彼を指差したのか、無意識のジェスチャーなのか、彼には判断がつかなかった。

「突然、理解してくれたの？ 突然、私の幸福に深い関心を持つようになったの？ 当ててみましょうか。私の妊娠をどう利用するか、すでに計算しているんでしょう。どうすれば、私の妊娠を利用して弟に勝てるかを」

もちろん、ヴァレンティノはそんなことは考えていなかった。しかし、いつ考え始めてもおかしくなかったことは否定できない。もし彼女の妊娠にさほどショックを受けていなければ、すでに報道陣を集め、適切な記事を書かせる準備をしていただろう。

それでもヴァレンティノは、彼女にそう指摘されたことが気に入らなかった。まったく。

「きみはどうするつもりだったんだ、僕を訪ねてきて爆弾を落としたあとで？」

「実のところ、私にはたくさんの選択肢があるの」

カルリッツは、王族が生まれながらに持っているある種の高尚さを漂わせて答えた。「私はこの三カ月のほとんどを、ふさわしい夫探しに費やしていたのよ」

どんな状況でも平然としていられることを誇りに思っていた僕だが、さすがに彼女のその宣言には顔をしかめたに違いない、とヴァレンティノは思った。なぜなら、彼女が笑ったからだ。

「ごめんなさい。何か気に障った？ チェックリストに当てはまる結婚相手を探しに行けるのは、あなただけではないのよ」

ヴァレンティノは顎が割れてしまうのではないかと思うほど、歯を食いしばった。

カルリッツはもう一度、体の向きを変えて走り始めた。しかし、ヴァレンティノはしばらくその場を動けなかった。彼女の恋人のことなど考えたくないが、彼女が自分以外の誰かと結婚すると思うと、いやでたまらなかったからだ。

しかしヴァレンティノは、それはまったく当然のことだと自分に言い聞かせた。結局のところ、カルリッツは彼の子を身ごもっているのだから。

ほどなく彼がまた王女をつかまえたとき、彼女は小道から海岸に至る通りに達していた。

「きみの結婚の計画を保留にせざるをえないのは明らかだ」ヴァレンティノは彼女に告げた。意図した以上に厳しい声で。「カルリッツ、僕は子供の親権を共有するつもりはない。きみはそのことを理解する必要がある」

「あなたが子供のことを知ってから十四分しかたっていないのよ」カルリッツは彼のほうを見もせずに反論した。そして、帽子を頭の後ろに押しやり、自分の決然とした表情を、あえて彼にさらした。「ヴァレンティノ、私があなたのために何かを保留にすることはないわ、もう二度と。百パーセント、間違いなく」

「だったら、なぜわざわざここに来たんだ？」ヴァレンティノは必要以上に、そして危険なまでに彼女に近づいた。「きみがほかの男と結婚するつもりなら、どうして僕の子を――僕の家の跡継ぎになる子を身ごもっていると言いに来たんだ？」

カルリッツは一瞬、臆したような動きを見せた。そのとき、彼の脳裏に、彼女が本当に望んでいるのは僕に触れることだというばかげた考えが浮かんだ。彼自身もそれを望んでいた。心の底から。

彼女が手を出してくれれば、次に何が起こるかはっきりとわかっていたからだ。

それに、弟、元婚約者、ひどい父親、そしてイタリア本土中の人々が、二人を見るために列をなしても、ヴァレンティノは気にしなかった。

そんな彼の胸中を読んだのか、カルリッツは賢明にも彼に触れなかった。

「まるで私があなたに何かしたかのように振る舞う

のね、ヴァレンティノ」

風が彼女の髪をそよがせ、シャツをはためかせた。その見えた胸の頂が硬くとがっているのは、気温のせいだけではないと、ヴァレンティノにはわかっていた。というのも、二人の間の化学反応は相変わらず強烈だったからだ。

彼の反論を封じるかのように、彼女は続けた。

「ローマで私たちの間に起こったことが、すべてを変えたの」

秋の日差しが彼女の肩に降り注ぐ中、カルリッツは目を大きく見開き、彼を見つめた。ヴァレンティノが彼女に惹《ひ》かれているのと同じくらい、彼に惹かれているかのように。

「あなたがその現実を恐れて、会話すらできないのは残念だわ。でも、私はばかじゃない。二人とも、あんなことが起こるなんて想像もしていなかった。この数年間、いつだって、あの夜のキスについて正直に話し合えたはずなのに、できなかった。その数数年間に自分がとった攻撃的な行動は後悔しているけれど、戦うに値する何かがそこにあると心から信じていたからこそ、あんな行動に出たの。あなたが何をしていたのかは知らないけれど」

ヴァレンティノは、その数年間を思い出したくなかった。それでも、何か言わなくてはと思い、口を開いたものの、カルリッツに先を越された。もっと早く、自分を弁護するつもりだったのか、それともただ謝るつもりだったのか、彼にはわからなかった。

「あなたが何を言うか知らないけれど、今は聞きたくないの。とにもかくにも、結婚式の夜、遅かれ早かれそうなるのが必然だったように、私たちは体を重ねた。もう過去は変えられない。そして今、私はあなたの子を身ごもっている」

カルリッツがおなかに手を添えると、ヴァレンティノは彼女を観察するのに忙しくなった。彼女の外見ではなく、彼女の事実を、彼女のまわりの明るさを。カルリッツは行く先々で、陽光であれ照明であれ、光のほうから彼女を捜し出すように見えた。彼女の目は輝き、頬は紅潮していた。

ヴァレンティノは、彼女が彼の膝の上に身を横たえ、最初は痛みと驚きに、続いて喜びに嗚咽《おえつ》し、身もだえしていた姿を思い出した。

しかし今、彼女の腹部を見やると、その形が変わっているのがわかった。以前はおなかが少しへこんでいたのに、今は丸みを帯びている。

「子供を持つなんて、考えたこともなかったわ」カルリッツは言った。自分の腹部をしみじみと見つめながら。「たいていの人がそうするものだから、いつかは私も母親になるだろうとは思ってはいたけれど。母はいつも私に、一族に対する義務を果たし、後継者候補を産むようにと言い聞かせてきた。姉は、次代のバージン女王として君臨することに固執しているようだから。誰かが姉の跡を継がなければならないけれど、もしそれが私や私の子供たちでなければ、皆が忌み嫌っているいとこにすべてを譲らなければならない。私たちのジレンマ、わかってくれるでしょう？」

「いや、わからない」

カルリッツは彼をにらみつけた。「いずれにせよ、私は子供をつくらなければならない。それで、この機会に産むと決めたの。でも、ヴァレンティノ、私はあなたのために子供を産むつもりはない。それを伝えるためにここに来たの。子供は産むけれど、あなたには何も期待していない。だから、あなたとはもう関わりたくないの」

カルリッツは言い終えるなりまた振り向いたが、今度は威厳に満ちていた。そうすることで、優位に立てるかのように。

確かにそうかもしれない。だが、今は違う。

彼女は浜辺を走りだしたが、潮はすでに満ち始めていた。それでも充分な速さで進んでいたので、このまま走り続ければ、少し濡《ぬ》れる程度でたどり着けるだろう。岸まで泳がなくてもすむはずだ。ヴァレンティノは再び自分のもとを去る彼女の姿を見送った。

心臓がばくばくしていた。今日だけでマラソンを二回か三回走ったかのように。

思えば、この数カ月は奇妙な日々の連続だった。ヴァレンティノの花嫁を弟が盗んで自らの妻にしたという事実があり、彼は弟を断罪しようと手ぐすね引いて待っていた。

しかし、そうはならないとわかっていた。弟に計画を台なしにされたことに、ヴァレンティノはただ腹を立てていた。アリスティドとフランチェスカが結婚したことなどどうでもよかった。

ヴァレンティノが何より気にしていたのは、できるだけ先延ばしにしていた家族の夕食会に顔を出したときのことだった。そうした席で、父親は常にヴァレンティノに悪態をつく。今回も、弟に花嫁を盗まれた件で、父親から嘲笑を浴びせられた。

そして、今回はいつも以上にひどい気分に陥った。ただし、それはミロの悪口雑言のせいではなかった。花嫁を盗まれたにもかかわらず、結婚式初夜のことを考えていた自分に腹が立ったからだ。そして、カルリッツとのあの一夜に傷ついていたからだ。自分でも気づかないうちに、彼を守っていた鎧《よろい》が剥ぎ取られ、それをどう取り戻せばいいのかわからなかった。

そんなことを考えてもいらいらするだけだ、と自分に言い聞かせていたにもかかわらず、この三カ月間、ヴァレンティノはあの夜のことを思い出すのにあまりにも多くの時間を費やしていた。その結果、彼女があらゆる点で自分にとって完璧な存在であることが証明された。

性的に相性がいいだけだ、とヴァレンティノは思いこもうとした。

彼は自分には特定のニーズと嗜好《しこう》があることに気づいていた。さらに、彼は立派なボナパルトに、母親が理想とするボナパルトになると誓っていた。母親自身はそれにはほど遠かったが、威厳と節度と品位を兼ね備えた祖父という手本があった。

そのいずれもが、彼が最も好むセックスとは相いれないものだった。

なのに、カルリッツとのセックスは……。

ヴァレンティノはまた、この世の多くの男たちが、性的衝動に支配されて堕落していくことも知っていた。彼はそういう男になるつもりはなかった。

彼とフランチェスカとの間には響き合うものがなかった。しかし、彼女はそれをつくろうとしていたのかもしれない、と今になってヴァレンティノは思った。だが、彼はフランチェスカにそれを望んでいなかった。彼女は彼の好きな遊びをおもしろがるタイプの女性ではないと一目でわかったからだ。

だから、ヴァレンティノは、フランチェスカと性生活を送れるかどうかもわからないまま、あの日に結婚するつもりだった。結局のところ、跡継ぎをつくる方法はほかにもあるのだから。そこで彼は、妻にはせいぜい従順さを期待するくらいにとどめ、二人が好きなように暮らす自由な結婚生活を期待していた。

そこへ例のごとくカルリッツ王女が現れた。彼女は怒涛《どとう》の勢いで寝室にまで押し寄せ、ヴァレンティノがこれまで自分に誓ってきたことをことごとく嘲笑した。

そして、王女が彼のあらゆるニーズを満たすことができる、非常に特別で、非常に珍しい女性であることが判明した。

彼女は……彼を破滅させた。何度も何度も何度も。

明くる朝、ヴァレンティノはまったく眠れなかったのではないかと思うほど、早く目が覚めた。彼は、あのような解放感を味わったあとに誰もが感じるような、単なる充足感を覚えたわけではなかった。もっと特別な何かを感じていた。肉体的なものをはるかに超えた何かを。

ヴァレンティノはそれをまったく受け入れようとしなかった。

彼はベッドを出た。絶対に彼女のほうを振り返らないと自分に言い聞かせながら。

それでも、振り返った。

ヴァレンティノにとって、カルリッツは中毒物質以外の何ものでもなかった。それこそが彼の人生における彼女の役割だった。たった一度味わっただけなのに、彼女はヘロインさながらだった。


彼はカルリッツに飢えていた。

まだ眠っている彼女を振り返った瞬間、ヴァレンティノは憤りを覚えた。彼女は見るたびに美しくなっていた。そして、彼のベッドで丸くなっていたときの彼女は最高に美しかった。目の下に疲労による隈《くま》をつくっていたにもかかわらず。疲れたのも無理はない。カルリッツは彼が何を投げかけても応えてくれたのだから。

そのため、ヴァレンティノは恐れた。僕はもう、彼女以外の女性とベッドを共にする気になれないのではないか、と。

むろん、そんなことは受け入れがたかった。

ヴァレンティノは幽霊のようにふらふらと家の中を歩きまわった。彼が自ら建てた家の中を。そこは、彼がけっして持てなかった家族と、彼が築きたいと願っていた家庭の象徴だった。弟は霊廟《れいびょう》と呼んでいたが。

だから、ヴァレンティノの足がいつの間にかギャラリーに向いていたのも不思議ではないのかもしれない。およそ大邸宅には必ずギャラリーがあり、そこには家族の肖像画が飾られていたからだ。父親の肖像画はない。しかし母親は、堂々として、愛らしく、幸せそうな顔でそこに座っていた。次の肖像画では、祖父が祖母の座る椅子の後ろに立っていた。二人ともほんの少し笑みを浮かべていた。芸術家の前であまり感情を出しすぎないようにして。

ヴァレンティノは、いくつもの肖像画を見ながら、情熱がどこに向かうかを思い起こしていた。彼はそれが絶望的で恐ろしい結末に至るのを自分の目で見てきた。もし、この世に生きている間に守れる約束があるとすれば、それは家族についての真実が明らかになったときに、彼が自身と交わした約束に違いない。情熱の奴隷になることを自分に許さないという。

ヴァレンティノは、情熱が母の心を引き裂くのを目の当たりにしてきた。彼女は、何があろうと父親を愛し続けた。その愛が報われることはないとわかっていても。だから、ヴァレンティノは情熱は捨てると固く誓い、初めてカルリッツに会ったときもその誓いを守った。それこそが正しい選択だったから。

しかし今、カルリッツは彼の赤ん坊をおなかに宿しながら、彼の人生から決然と立ち去りかけていた。

ヴァレンティノは、情熱よりもずっと大切なものが常に存在することを思い出さざるをえなかった。義務だ。そして、現在の家族を大切に思おうが思うまいが、一族の遺産。

海が両側から迫ってくる中、彼は砂州で彼女にもう一度追いついた。

カルリッツは彼をにらみつけただけだった。

「ロンドンに行こう」ヴァレンティノはいきなり言

った。「信頼できる医師たちにあらゆる検査をしてもらい、きみと赤ん坊が健康であることを確かめたい」

「私にはそれができないとでも？」

「安心を得たいのはきみだけではないんだ、カルリッツ」

「ついでにＤＮＡ検査もしたいんでしょう、念のために？」

それについてはヴァレンティノは肯定も否定もしなかった。「いずれにせよ、本土まで歩いて戻る必要はない。まもなく島を出発するから」

「なんのために？」カルリッツは叫んだ。海に向かって、空に向かって。

ヴァレンティノは、その叫び声と共に、彼女が海の中に消えてしまうのではないかと、ふと思った。しかしすぐさま打ち消した。カルリッツが消えてしまうという考えにぞっとしたからだ。彼女が彼に向かって怒鳴り続けていても。

「その検査でどんな結果が出ようが、あなたがしたいと思っていることを私が認めなければ、無意味でしょう？　さっき話したとおり」

「きみのおなかの子が僕の子であることを確認する必要があるのは、きみを疑っているからではなく、僕の弁護士チームを納得させるためだ。僕の遺言状に異議を唱える者が出てきたときに備えて」

カルリッツは反論しなかった。彼女も王族である以上、遺言状や血筋の大切さは充分にわかっていたからだ。

「それがすんだら、カルリッツ、僕たちは結婚する」

6

冷たい雨がそぼ降るロンドンの街の光景は、明るい日差しが降り注ぎ、頭上を海鳥が飛び交う島とは大違いで、その落差にカルリッツは衝撃を受けた。

それでも、ある種の安らぎを感じていた。

カルリッツはこの大都会が好きだった。何年もこの街で過ごしたが、灰色に灰色を重ねたような落ち着いた色彩には、どこか引かれるものがある。明るく鮮やかな色彩もあちこちに見られ、古都でありながら現代をたくましく生き抜く活力も魅力的だ。

殺伐とした雰囲気が今の彼女の気分に合っていたのは言うまでもない。

ヴァレンティノの反応は彼女の想像を超えていた。


彼が結婚を口にすると期待したわけではない。心の片隅にはあったかもしれないが、そんな期待を抱くのは愚かだと自分を戒めていた。

そして今、カルリッツは楽観と悲観の両極端の間で緊張していた。島からロンドンへのフライト中から、ずっと。

ヴァレンティノはプライベートジェットに乗りこみ、彼女をシートに案内したあと、機内の別の区画に移動し、そこで何度か簡潔な通話をした。彼女は三カ国語による彼の声を聞き取ることができたが、内容まではわからなかった。

おそらく、それでよかったのだろう。カルリッツは窓の外をぼんやりと眺めながら、山が見えたらパラシュートを使って飛び下りたいと願っていた。たとえそれが彼女の目指す山ではなかったとしても。

故郷を恋しく思うのは愚かなことだと、カルリッツにはわかっていた。孤独よりもはるかに大きな問題を抱えているのだから。

ほんの一瞬でも、自分をひどく扱ったヴァレンティノが、魔法のように変身を遂げたと一瞬でも信じるのは、まったく愚かなことだ。妊娠したことを告げようとしたときのことを思い出すがいい。

カルリッツはすでに、ヴァレンティノが彼に都合のよい結婚――跡継ぎが手に入る結婚に満足していることを知っていた。

花嫁は誰でもいいのだ。

それでも、七月以来、彼女が迷いこんでしまった灰色の世界にも、小さな春の兆しが見えた。たとえ、ヴァレンティノを忘れて人生を前に進めようとしていた矢先、残酷な運命のいたずらでそれがついえたとしても。

今、ロンドンの交通渋滞を走り抜ける洗練された車の後部座席に座り、カルリッツは自分の中で数えきれないほど多くの感情がせめぎ合っているのを感じていた。そんな彼女の横で、ヴァレンティノは携帯電話をかけ続けていた。なんの憂いもないかのように。

しばらくして、車はロンドン中心部の目の玉が飛び出るほど地価の高い地域に立つ一軒家の前で止まった。ヴァレンティノがカルリッツを歴史的建造物に違いない家へ連れてきたことには相応の意味があった。なぜなら、その家には裏手に専用の出入口があるうえ、厩舎《きゅうしゃ》の先には彼女の警護員が待機できるコテージもあるからだ。ヴァレンティノが軽くうなずくと、警護員たちはそちらに向かった。

彼らのあとを追おうとしたカルリッツを、ヴァレンティノが眉根を寄せて引き止めた。

たちまち彼女は悔しさを感じた。体が、もうずっと前の、あの夜のような反応を示したからだ。まるでヴァレンティノの命令が絶対的なものであるかのように。けれど、それ以上に悪いのは、まるで自分がそれを望んでいるかのように感じたことだった。

その証拠に、脚の付け根が湿り気を帯びた。

カルリッツは深い悲しみを覚えて泣き叫びたくなったものの、彼女は振り払った。今はだめだ。雨の日の午後に慟哭《どうこく》するのはドラマティックすぎる。代わりに、黙々と彼に従った。

ヴァレンティノは彼女を家の裏口から中に通した。

その家は島の彼の要塞に比べれば小さいが、同じように印象深かった。梁《はり》のある天井、凹凸のある床。一歩ごとに歴史を感じる。建物自体がかなり古いので、家具の入れ替えを最小限にとどめたのは、理にかなっていた。建物全体が、どこの国でも大流行していて人気の高いスカンジナビア風やミッドセンチュリー・アメリカン風よりも少し高級感があり、居心地がよかった。

カルリッツは、この家が気に入ったという事実に嫌気が差した。もし彼が、クロームメッキ、派手な家電、どこにでもあるようなジムが完備された、社宅めいたアパートメントに連れてきていたら、彼女はもっとうまく立ちまわれたに違いない。

「優秀なインテリアデザイナーがついているんでしょうね」温室のような造りの天窓のあるキッチンを彼のあとについて歩きながら、カルリッツは言った。その口調に非難めいた響きがあるのに気づき、いささか気がとがめた。

すぐにでも彼のスタッフが慌ただしく入ってくると思ったのに、誰も現れなかった。その代わり、ヴァレンティノは驚くほど明るく風通しのいいキッチンに彼女を連れていき、そこが自分の領域であるかのように動きまわった。厨房《ちゆうぼう》スタッフが一人もいないかのように。

「インテリアデザイナーに相談したことはない」ヴァレンティノは肩越しに言った。いかにも傲慢なそぶりで。「僕が他人の意見に耳を傾けることはめったにない」

「それに気づかなかった自分がばかみたいに……」

カルリッツは彼を見つめ、あとの言葉をのみこんでから言い添えた。「明らかに私の落ち度ね」

「人が何か意見を持つことを否定しているわけではない」

その声はまるで愛撫《あいぶ》のように感じられた。実際、カルリッツの体は反応していた。もちろん、彼は知る由もなく、言葉を継いだ。

「だが、僕が誰かの意見に左右されることはほとんどない」

彼にたしなめられた気がし、カルリッツはいらだった。彼に背を向け、おなかの上で手を組む。この家の明るさと予想外の好ましさが彼女をいっそういらだたせた。「私は、あなたにクリニックのようなところへ連れていかれるものと思っていたわ。私がすでに知っていることを、私の体のあちこちをついて確認するために」

「カルリッツ……」

彼女は、彼に名前を呼ばれるのが嫌いだった。そして、体がそれに抵抗できないのはもっと嫌いだった。カルリッツは彼に抵抗できなかった。何が起こるかわかっている今でさえ。あの夜の恍惚《こうこつ》と、その後の苦い三カ月を生き抜いてきた今も。

とはいえ、気づいたときには彼のほうを向いていた。すっきりした壁と梁に囲まれた居心地のいいこの空間に彼を残して立ち去りたいという強い欲求に駆られていたにもかかわらず。

もっとも、それは必ずしも本音とは言えなかった。ヴァレンティノはキッチンの向こう側、二人の間にある長いカウンターブロックから、熱い視線を彼女に投げかけていた。

一瞬、視線が絡み合い、カルリッツは息をのんだ。そのとたん、いまいましいことに、自分が無防備になったように感じた。

「僕は常に自分に課せられた義務を果たすために最善を尽くしてきた」ヴァレンティノはようやく話し始めた。何か重い結論を下したかのように。「ときには、細かいことにこだわることが義務になる。些《さ》細《さい》なことに点数をつけたり、すべてを文章化したりするのは退屈な作業かもしれないが、だからといって義務をおろそかにはできない」

カルリッツは目をしばたたいたが、なぜその言葉に動揺したのかわからなかった。そして、黙りこんでいると、ヴァレンティノがカウンターの上に積まれた郵便物に目を戻した。きちんと積み重ねられていて、スタッフの存在を物語っていた。

二人の間の沈黙が長引くにつれ、カルリッツはあれが謝罪だったのだろうかと考えるようになった。正確には違う。おそらく説明だろうが、ヴァレンティノのような男にとっては謝罪と同じなのかもしれない。彼女を疑っていたのではなく、何事も確かめなければならない――彼はそう言ったのだ。

あるいは、と心の声が口を挟んだ。あなたはヴァレンティノのいいところを信じようと必死なのかもしれない。彼が何をしようと。

カルリッツは、彼に再び見られていることに気づくまで、自分がため息をついていたことに気づかなかった。

すべてが生々しかった。ガラス越しに見える頭上の空は、この数カ月間カルリッツを覆っていた気配と同じ灰色だった。

彼の赤ん坊が私のおなかにいて、今や彼もそのことを知っている。

何もかもが変わってしまったのだ。そして、本当の変化が訪れるまで、あと半年しかない。今朝、島を発《た》ったとき、私はそのことを理解していたのだろうか？　カルリッツは自問せざるをえなかった。なぜなら、ラス・ソセガダスの宮殿やヴァレンティノの島の家とは隔世の感があるロンドン中心部の屋敷のモダンなキッチンに立っている今、この急展開が信じられなかったからだ。

「カルリッツ……」ヴァレンティノは繰り返し呼びかけたが、その口調は前とは違っていた。そこには彼女が感じているのと同じ生々しさがあった。「僕は……」

彼女の心臓は愚かにも、耐えがたいほど大きく早く打ち始めた。けれど、彼の言葉はそこで途切れた。ノックの音に続いてドアが開いたからだ。

少人数の一団が中に入ってくると、カルリッツは平静を取り戻すのに少し時間がかかった。

落ち着いた頃には、カルリッツは小さな応接室に通されていた。さまざまな医療関係者が動きまわっている中、ソファに座らされる。そして検査と健康診断のような問診が行われた結果、一時間もしないうちに疑いの余地はなくなった。

ヴァレンティノ・ボナパルトの子供を授かったと正式に認められたのだ。

「僕のスタッフがこれに取り組むことになる」彼は重々しい声で彼女に告げた。

カルリッツは彼の意図がまったく理解できなかった。皆が去り、彼女は古めかしい部屋でヴァレンティノと二人きりになった。彼らは向かい合って座っていた。

このことは私にとって何を意味するの？　ローマでのキスの真相を巡って、私たちは何年もゲームを続けてきた。挙げ句の果てに、思いがけず一夜を共にした。そして今、彼の満足のいく証拠が示され、どうやら晴れて二人の子供はその存在を認められたらしい。

「〝これ〟って？」カルリッツは尋ねた。そのとき、彼がヴァレンティノが立ち上がった。

フォーマルな身なりをしていたことに気づき、彼女は胸を痛めた。私があんなふうに彼の前に現れるとは思ってもいなかったはずなのに。

つまり、彼にはフォーマルな形が必要だったのだ。ヴァレンティノは暖炉のほうへ歩き、考えをまとめるかのようにそこにたたずんだ。

彼は厳粛な雰囲気を醸し出そうとしているのだと、カルリッツは腹立たしく思った。

ヴァレンティノ・ボナパルト、正当な相続人。あらゆる点で完璧な男性。奇妙なことに、彼がその重圧を身にまとっているのを見ると、泣きたくなった。彼のような生き方にまつわる重圧を理解しているにもかかわらず。

「これから起こることすべてだ」

ヴァレンティノは淡々と答えた。その声は、あの恐ろしい日の翌朝に彼が使った声によく似ていた。

「僕たちは結婚する。それもすぐに。残念ながら、ここ数年の僕たちの関係について憶測が飛び交うのは避けられない。きみも知ってのとおり、取りやめになった結婚式のあとも、憶測報道が出たように」

「あの日いったい何が起こったのか、私は突き止めようとはしなかった」カルリッツはきっぱりと言った。「あなたは驚くかもしれないけれど、あなたの結婚式とそのあとに起こったことは、もう二度と経験したくない」

ヴァレンティノの険しい表情に何かがひらめくのを見て、カルリッツの胸の痛みが強くなった。けれど、彼が説得力のある暗いまなざしを向けてきても、動揺はしなかった。

「僕が驚いているのは……」彼はいったん言葉を切った。「自分には落ち度がないのに、何度もスキャンダルの泥沼に引きずりこまれたことだ。可能な限り人から非難されない人生を送ろうと努め、誇りと敬意と尊厳を保って生きてきたのに」

「そうね」カルリッツはうわべだけの同情心からつぶやいた。「かわいそうな億万長者。一瞬でも自分のコントロールがきかないというのは、さぞかしつらいでしょう」

そのときヴァレンティノが彼女に注いだ侮辱と驚愕《きょうがく》に満ちた視線は、別の日なら彼女を笑わせたかもしれない。しかし、彼女はあまりに動揺しすぎていて、笑うどころではなかった。

この静かな部屋では多くのことが起きていて、彼女は大声で叫びたい衝動に駆られた。しかし、彼に満足感を与えるのがいやで、ぐっとこらえた。あるいは、叫びだしたら止まらなくなるのを恐れたからかもしれない。

もしかしたら私は自分が思っていたほどには彼のことを忘れられていなかったのかもしれない、とカルリッツは思い始めた。あの灰色の無気力は悲しみと嘆きにほかならなかったのかもしれない。

けれど、今はそんなことはどうでもいい。

「とにかく」ヴァレンティノは一語一語嚙みしめるように言った。「僕たちはここで結婚する。非嫡出子をリストに加えたくないから」

「なんのリストかしら?」カルリッツは語気鋭く尋ねた。「あなたがつくったのではなく、あなたに投げつけられた石や矢のこと? ヴァレンティノ、私はあの夜のことをそんなふうには思っていないけれど」

自分は今、文明人らしく振る舞っていると確信していた。しかし、彼が激怒しているという事実は、彼女の善意を台なしにした。もし近くに重いものがあれば、彼の頭めがけて投げつけたかもしれない。

「医者は、きみは妊娠中期に入っていると言っていた。そして順調だと」そう言うヴァレンティノの顎はこわばり、鼻孔は広がっていた。「うれしいよ」

「ええ、そうね。部屋全体に喜びがあふれそうよ」

「適切な契約を結ばなければならない」彼は無造作に切りだした。

再び例の不透明な仮面が彼の顔を覆うのに気づき、カルリッツはその仮面を引き剥がしたい衝動に駆られた。それが彼の意思ではなく、プラスティックでできているかのように。

「ええ、もちろん」カルリッツは同意した。「宮殿の弁護士チームが異議を唱えるような条項がたくさんあるのでしょうが、それとは別にもう一つ問題があるわ」そのことがなぜか彼女を陽気な気分にさせた。「ご存じのように、私はラス・ソセガダスの王女なの。だから、君主の許可なしには誰とも結婚できない」

「ずいぶん時代遅れだな」

「そう、君主制もね」カルリッツは肩をすくめた。

「ミラはこの件では私と口論しないと約束したけれど、相手があなたとなると……。姉はすでにあなたを嫌っているかも」

「きみの姉さんに会ったことはない」

「ええ。でも、私は彼女の妹なの。タブロイド紙によれば、あなたは私の心を傷つけた。だから姉はあなたを恨んでいる可能性がある」カルリッツはため息をついた。「姉は公正で公平な女王だけれど、間違いなく私怨を抱いている。残念ながら、そう言わざるをえない」

「きみの姉さんについて僕がこれまで聞いた話から類推すると、彼女はきわめて現実的だ」ヴァレンティノは威厳に満ちた口調で答えた。エミリア女王の親友で、唯一の相談相手であるカルリッツの見方より、彼が聞いた話のほうが正しいかのように。「妹が婚外子を産んだらどんなスキャンダルが起こるか、女王が無関心だとはとても思えない」

「そのとおりかも」カルリッツはあくまで穏やかに言った。そのほうがヴァレンティノをいらだたせると考えて。「でも、そのほうが私を身近に感じてもらえるかもしれない。身近に感じてもらえるかどうかが宮殿で大きな関心事になっているの。親しみやすく、それでいて象徴的な存在に見えるにはどうすればいいか、ミラは常に考えている」

「だったら、今すぐ女王に電話するよう勧める」

彼のなめらかな声には紛れもなく脅しがにじんでいた。彼の青白い視線が炎と化してヴァレンティノに注がれる。

「そして、彼女には二つの選択肢があることを説明するんだ。僕たちの結婚を快く認めるか、反対するかだ。前者であれば、あらゆる方面から祝福の声があがるだろう。後者の場合は……きみはラス・ソセガダス以外のすべての国で僕の結婚が法的に認められる」

「あなたがそう言ったということを、姉にきちんと伝えるわ」

だが結局、その必要はなかった。

カルリッツが電話をかけると、ミラは笑った。「やっぱりね」女王は人前ではけっして出さないような喜びに満ちた声で言った。「タイミングとか、彼の前の花嫁候補のこととか、そんなことをきくつもりはないわ。どうぞあなたのお好きなように」

「お母さまには姉さんから説明してくれる？」

姉がまた笑ったので、カルリッツの胸に万事うまくいくかもしれないという希望が芽生えた。

「それは絶対にだめ。私はあなたのために弾丸を受けるつもりはないわ。あなたが自分で話すしかないでしょうね」

「わかったわ。さもないとお母さまは新聞で知る羽目になる」カルリッツも笑った。ちょっとした陽気な気分に浸ることで、何もかもが変わったかのように。外の陰鬱なイギリスの天気さえ。今、陽光が雲の切れ間から差しこみ、庭の生け垣を明るく照らしていた。「お母さまがヴァレンティノ・ボナパルトをふさわしい花婿だと思うかどうか、きくのが待ち遠しいわ」

「あなたにふさわしい人なんて、一人もいないわ」ミラはつっけんどんに言った。「そんな人はけっして存在しないし、これからも現れない。だから私の願いは、ヴァレンティノが今回、あなたを手に入れた幸運についてじっくり考え、あなたが彼にはもったいないことに気づいてくれることよ」

「必ず彼に伝えるわ」カルリッツは請け合った。

それから応接室に座ったまま、ぼんやりとあたりを眺めていた。

姉は〝スキャンダル〟という言葉を使わなかった。私に、王室に恥をかかせないという約束を思い出させることもなかった。姉は、この結婚がまったく理にかなっていて、喜ぶべきことであるかのように言った。

カルリッツはどこかで横になって泣きたくなった。しかし、そんなことはできなかった。なぜなら彼女は、ヴァレンティノがいないときでさえ、彼の気配が充満しているように感じられるこの古い家にいるのだから。彼女はそのとき、いつの間にか立ち上がっていたが、体が震えだし、一瞬、昔の錯乱したお姫さまのように卒倒してしまうのではないかと思った。けれど、すぐさまその原因に思い至った。

彼女は前の晩にイタリアに飛び、潮の引いた砂州を島まで歩いた。そしてヴァレンティノに会い、イギリスに飛んだ。その間、ビスコッティを数枚、食べただけだったのだ。

カルリッツは空腹だった。感情にのみこまれて卒倒しそうになったわけではない。

少なくとも、今はまだ。

カルリッツはおなかに手を当て、少し丸みを帯びた部分をマッサージした。奇妙な気がしたが、それはおなかに赤ちゃんがいることのあかしだった。そのことに気づいた瞬間、激しい愛の波に襲われた。現実的なことを考える前に。

その愛は日増しに、分単位で、強くなっていった。

「心配しないで」カルリッツはおなかの子に向かってささやいた。「お父さんはひどい人かもしれないけれど、大丈夫よ。あなたに対してはちゃんと義務を果たしてくれるから。それに、私がお父さんの分も含めて、あなたをたっぷり愛するから」

赤ちゃんにそう呼びかけたことで、今の自分の感情がどうであれ、カルリッツは元気づけられた気がした。ニューヨークの汚いトイレの個室で検査結果を確かめたときから、感情過多になっていた。ただし、今カルリッツの気持ちが揺れているのは、そのせいではない。ヴァレンティノのそばにいたからでもない。これは純粋に生理的なものなのだ。そうとわかると、少しは救われた気がした。

そうよ、私は食べ物が必要な妊婦なのだ。

カルリッツは家の中を通り抜け、キッチンに向かったが、足を踏み入れたとたん固まった。ヴァレンティノがそこにいたからだ。

なんてすてきなのだろう。長身で、肌はブロンズ色、そしてゴージャスで精力的。しかし何より感動したのは、彼が料理をしていたことだった。

「腹が減って、飢えているんだろう？」ヴァレンティノはぶっきらぼうに言った。

まるで私が彼に飢えているような言い方だわ……。

カルリッツはすぐさま思考回路を止めた。彼女がまだやんちゃなティーンエイジャーだった頃の父親のことを、ふと思い出したのだ。彼女の友人たちが寄宿学校でちょっとした問題を起こし、カルリッツは国王の前に呼び出され、説明を求められた。彼女は応じたものの、その態度はあまりに軽薄だった。

父は娘を怒鳴りつけた。彼は常々、娘が周囲の忠告に耳を傾け、態度を改めるよう望んでいた。

父の激怒ぶりに唖然《あぜん》として、カルリッツは沈黙した。

国王はため息をつき、片方のこめかみを指で押さえた。〝おまえは怪我《けが》をしていたかもしれない。そのことについて怒るほうが簡単だ、カルリッツ。おまえが身の安全を軽視するたびに恐怖に駆られるという事実を受け入れるよりも〟

その言葉はカルリッツの頭にこびりついていた。

カルリッツは物思いを断ち切り、ヴァレンティノがキッチンを動きまわるさまに見入った。何かを刻んでボウルに入れる手際をはじめ、どの動作もなめらかで無駄がなく、彼がここで食事の準備をするのに多くの時間を費やしていることを物語っていた。

もしかしたら、彼は私に腹を立てていたわけではないのかもしれない。ただ単に未来が怖かったんじゃないかしら？　これから二人で懸命に子供を育てていかなければならない新たな人生が。あるいは、私と一緒に暮らすことが。これまで背を向けてきたもの――家庭を築かなければならないことが。

たぶん、彼はそうしたことをどう話したらいいのかわからなかったに違いない。

でも、私に彼を責めることができるだろうか？　私だって同じじゃない？

カルリッツはカウンターの反対側に置かれたスツールに腰を下ろし、いつもより広いスペースが必要なことに驚くと同時に、思わずほほ笑んだ。おなかが邪魔で座れなくなるのも時間の問題だろう。

それは、次から次へと起こる体の変化の一つにすぎず、やがて小さな赤ん坊が生まれ、私とヴァレンティノの人生を決定的に変えてしまうのだ。

実のところ、それを想像すること、その変化の大きさを推測することは不可能に思えた。

そこで、カルリッツは言った。「ええ、とても空腹なの。ありがとう」

ヴァレンティノは上着を脱ぎ、シャツの袖をまくり上げていた。露出した前腕はとても美しく、感動的でさえある。食事をつくるという、取るに足りないことをするために、あの驚くべき筋肉が駆使されているのだ。

「いつか料理教室に通うわ」カルリッツは思いきって打ち明けた。「ずっとそうしたいと思っていたの。大学の学生寮に住んでいた頃は、たまにしか料理をしなかった。ボロネーゼなら上手につくれるけれど。でも、冷蔵庫や食品棚を開けてざっと目を通し、あり合わせの食材でおいしい料理を思いつくようになりたいとずっと思っていたの」

「自炊は人生の重要なスキルの一つだと教わったんだ」ヴァレンティノは言った。

「意外だわ」

彼が目の前に二つの皿が並べると、カルリッツはうれしそうにため息をついた。片方の皿には、ふわふわのオムレツに色とりどりの野菜がちりばめられている。もう一方にはバタートーストがのっていた。

「あなたはスタッフをたくさん雇っていると思いこんでいたの、私と同じように」

ヴァレンティノはカウンターにもたれ、彼女の向かいに立っていた。遠い目をして言う。「家政婦のジネーヴラのおかげだ。僕は子供の頃、よくキッチンで遊び、彼女は料理や掃除の仕方を教えてくれた。どんな立場の人間であろうと、料理や掃除の技術は必ず役に立つからと」

「すばらしい女性ね」カルリッツは慎重に言った。彼が彼女には理解できない静けさを漂わせていたからだ。その視線には一種の苦々しさがあった。「あなたは一人で手早くおいしい料理をつくれるのに、私はできない。残念だわ」

「ジネーヴラは、僕のためにそういう家事を教えてくれたのだと思っていた」今や彼の声にも苦々しさがこもっていた。「だが、そうじゃなかった。すべては、僕のまわりでひそかに行われていた病んだゲームの一部だった。カルリッツ、確かに僕は料理ができる。だが僕が味わったのは、どんなスパイスを使っても消せない裏切りの味だった」

言い終えるなり彼は立ち去るかと思ったが、カルリッツの予測は外れた。ヴァレンティノはカウンターから離れて食器棚に寄りかかり、腕を組んだ。カルリッツは以前にも、彼がそんなふうに立っているのを見たことがあった。それはけっしてよい兆候ではなかった。

「きみの姉さんは従順だったようだな？」

それは質問ではなく、断定に近かった。

カルリッツは食事に戻ったが、もはやおいしいとは感じなかった。頭の中は多くの疑問でいっぱいだったが、それ以上に、ヴァレンティノのことを思っていた。彼のもとへ行き、いまだに子供時代に受けた傷に苦痛を覚えている彼を慰めてやりたかった。彼はそれを拒むだろうと思いながらも。

カルリッツは無理やり数口食べたあと、リネンのナプキンで口を拭ってから、ようやく言った。

「ミラは、私たちの結婚についてとても好意的だったわ。スキャンダルのことは何も言わなかった。だけど、私は考慮するべきだと思う。それがあなたの第一の関心事であることは知っている。ただ、ほかにも考えるべきことがあると思うの」

彼の表情は変わらなかったものの、カルリッツは彼の不同意を感じ取った。

「たとえば？」

「もしかしたら、ヴァレンティノ、私は私のことを好きではない男性とは結婚したくないのかもしれない」カルリッツは落ち着いた声で答えた。「私たちが知り合って以降、私から離れることに全力を尽くしてきた男性とは。そんな人と結婚したいと思う女性がいるかしら？」

驚いたことに、彼はほほ笑んだ。官能的で厳格な唇が硬い曲線を形づくる。

その唇の感触は彼女の体のあらゆる部分に深く刻みこまれていた。そのため、たちまちカルリッツの欲望に火がついた。

「お姫さま《プリンチペッサ》、僕と結婚するべきすばらしい理由を、きみは一つくらいは思いつくはずだ」ヴァレンティノは、彼独特の心に深く染み入るような口調で言った。「それがなんなのか、僕が今すぐが教えてやろうか？」

7

ヴァレンティノはロンドンの自宅の居間でカルリッツ王女と結婚した。

この上なく豪華な部屋だが、彼女の姉がいつか結婚式を挙げるであろう、ラス・ソセガダスの有名な大聖堂ではない。ヴァレンティノが結婚式を挙げる予定だった、彼の島の古い礼拝堂でもなかった。

カルリッツは純白ではない淡い色合いの地味なドレスを着て、ほほ笑むこともなかった。ヴァレンティノはスーツ姿で、母親の形見の見事な指輪を彼女に贈った。

誓いのキスは唇を触れ合わせただけの平凡なキスだったが、それでも彼の中をあの暗い興奮が走り抜けた。あの飽くことのない欲求が。

ヴァレンティノは早くも、この決断を下すしかなかったことを悔やんでいた。

「ハネムーンには行くの?」妻のカルリッツ王女が尋ねた。契約書や結婚式の準備のためにロンドンに滞在していたこの二週間、彼女が彼と言葉を交わしていたときと同じ鋭い口調で。いつもは輝いている彼女の目には暗い表情が浮かんでいる。「ずっと怒りを抱いたまま、どこかすてきな場所で過ごすのが待ちきれない」

「島に戻る」ヴァレンティノはそっけない口調で答えた。彼女が挑発的だったからではない。そのとき彼が考えていたのは、あの滑稽なほど短い誓いのキスのことだけだったからだ。「そして僕たちが交わしたこの取り引きを実践していく」

「なんてすばらしいアイデアかしら」

カルリッツは乾いた声でつぶやき、ブーケを盾のようにして胸に抱いた。あるいは、彼を小さく感じさせるためのしぐさだったのかもしれない。実際、ヴァレンティノは自分が小さくなった気がしたので、ほかの誰もできなかったことを、幸せそうな花束がやってのけたことが気に入らなかった。

「明日の朝、出発する」

それから彼は、かつて新婚初夜になるはずだった一夜を彼女と一緒に過ごしたことを思い出しながら、正真正銘の新婚初夜をクラブで過ごすために出かけた。彼女をその場に残して。

〈ダイヤモンドクラブ〉は、ヴァレンティノが心配事や悩みを忘れて楽しめるはずの場所だった。当初はそれが目的だった。そこはエリートだけが集まる排他的なクラブで、全世界で最も裕福な十人のみが会員になることを許されていた。

彼はそのクラブのすべてが気に入っていた。建物自体は、ロンドンの自宅からそう遠くない閑静な通りにあった。彼はそこにスイートルームを所有していた。パパラッチに追跡されたくないときは、クラブに泊まることが多かったからだ。スタッフもきわめて優秀で、彼のどんな気まぐれにもすばやく対応した。だが、弟のアリスティドもメンバーになっていることを知ってからは、魅力は半減した。

ヴァレンティノは、その事実を知る前の、プライベートスイートにヘリコプターで出入りするだけで、支配人のラズロを筆頭に、スタッフ全員が彼のためだけに働いているかのように感じさせてくれていた頃のほうが好きだった。

しかし今夜、彼はスイートルームで一人になりたくなかった。結婚生活は見せかけのもので、結婚した女性や彼女に関わることにはまったく関心がなかったから家を出てきたのだと、自分に言い聞かせようとしたが、無理だった。

三カ月前なら、そのとおりだったに違いない。花嫁がフランチェスカだったら。

今夜、ヴァレンティノが家を出たのは、むしろ逆の理由からだった。そうしなければ、差し迫った欲求に支配されてしまうと思ったからだ。彼はささやかな結婚式が終わったあと、その場にたたずみ、もう二度とカルリッツには手を出さないと固く誓っていた。

だが、と彼は思った。僕はいったい何を証明しようとしているんだ？　すでに、カルリッツと結婚するために、二人の間にいつも燃えていた情熱を恥ずかしげもなく利用しているのに。

彼女が結婚を承諾したときに抱いた勝利感は単純なものだと、ヴァレンティノは自分に言い聞かせていた。それは、どんな手段を使ってでも彼女を自分のものにしたいという原始的な欲求とはなんの関係もないと。なぜなら、自分の中にそのような欲求が存在することを認めなかったからだ。それは単に、うまく交渉がまとまったときの喜びにほかならない と彼は信じていた。

しかし、もしそれが本当なら、結婚式で唇を触れ合わせただけで僕を悩ませた挙げ句、新婚初夜に家を出てロンドンのクラブで過ごす理由はないはずだ。だったら、どうして……。

クラブに着くと、彼はメインルームに行き、何人かの見知った顔にうなずいたものの、言葉を交わすことはなかった。好きな席に着くと、お気に入りの飲み物がすでに待っていた。何世紀も昔のどこかの公爵のようにある種の権力の象徴であるその場所に座り、タイムズ紙に目を通しながら自分がそうした権力を持つ人間であることを思い出すだけで充分だった。妻は紛れもなく王女だが、顔見知りのうち、夫の彼にひざまずいたのは一人だけだった。

やめろ。ヴァレンティノは内心で自分を戒めた。ここでさえ、カルリッツから逃れられないことが腹立たしかった。安全な場所などどこにもないのだ。

あちこちに空席があったにもかかわらず、何者かが自分の隣の椅子に座ったので、ヴァレンティノは眉をひそめた。そして、それがアリスティドであることに気づいたとき、いっそう不快感が増した。

「おまえを誘った覚えはない」ヴァレンティノは冷ややかに言った。「もっとも、おまえが僕のところへ押しかけるのに、許可を求めたためしはないが」

かつては弟がその挑発に乗ってくることもあったが、今夜のアリスティドはにやりと笑っただけだった。「確かに、兄さんは予想どおりの悪評ばかりで疲れているに違いない。もし、どうしても僕を侮辱したいのなら、何か新しい策略を練るしかないんじゃないか？」

「もし会話をしたいのなら、鏡に向かって話せばいい」ヴァレンティノは冷ややかに言った。

二人はにらみ合った。

「兄さんは知っておくべきだと思ったんだ」アリスティドはしばらくして、深く落ち着いた声で切りだした。「フランチェスカが妊娠した」

ヴァレンティノは目を見開いた。「なぜ僕にそんなことをいちいち知らせるんだ？」

「祝福の言葉を聞けるとありがたい」アリスティドはかぶりを振りながら言った。「兄さんは最悪の事態を想定する傾向があるから、妻との間に赤ん坊ができたことを知っておいてほしかったんだ。僕と同じひどい父親を持つ兄さんを、相続人としての兄さんを、攻撃しているわけではない。ただ、知らせるべきだと思っただけだ」

ヴァレンティノはグラスを強く握りしめながら、弟を凝視した。「妙な話だな、僕から花嫁を盗んだおまえが、妻の妊娠を僕に報告する義務があると考えているとは。いったい、どういうつもりだ？」

「僕にはなんの思惑もない」アリスティドは冷静に答えた。「ただ、何が起ころうと、僕は信じていた。きみは友だちでいてくれると。その信頼を破ったのはあなただ、兄さん」

アリスティドの声音には、かつてのような恨みはこもっていなかった。ヴァレンティノはその理由がわからず、不安に駆られた。

「子供の頃、おまえの母さんは僕に料理や掃除の仕方を教えてくれた。覚えているか？」

「もちろんだ」アリスティドはうなずき、椅子の上で姿勢を変えた。「僕もその場にいたのだから」

「なぜジネーヴラはそんなことをしたんだ？」必要以上に荒々しい声を出したことを自覚しつつ、ヴァレンティノは尋ねた。「彼女はおもしろがっていたのか？」

そんなことを尋ねた自分に、ヴァレンティノは嫌気が差した。しかし、医師から報告を受けたあと、すなわち、カルリッツが本当に自分の子供を身ごもっていると確認し、彼女が自分から離れることはないと安心したあとで、ヴァレンティノが唯一しようと思ったことが、なぜ彼女のために料理することだったのか、彼にはわからなかった。

そもそもジネーヴラのこと、そして彼女の料理教室のことをなぜ最初にカルリッツに話したかも理解できない。人生のある時期について、なかったことにしようとヴァレンティノは最善を尽くしていた。なぜなら、アリスティドと友人だった頃のことをあまりにも鮮明に覚えていたからだ。家族のほとんどがずっと嘘《うそ》をついていたのが明らかになったとき、アリスティドとの関係がどのように終わったかも。

弟は嘲笑するだろうとヴァレンティノは身構えた。彼のトレードマークの一つである軽口の一つでもたたいて。ヴァレンティノは弟にそうしてほしかったのかもしれない。幼い頃の数少ないよい思い出もすべては嘘だったことを思い起こすために。

しかし、アリスティドは不思議そうな顔をして、彼を見返しただけだった。

「料理と掃除は、母さんの愛情表現なんだ、ヴァレンティノ」

今日のアリスティドはいささか優しすぎるように思えた。

「兄さんが考えているような悪意は母さんにはない。彼女はただ単に恋に落ちた女にすぎない。そして自らが犯した罪を悔いていた」

ヴァレンティノは、自分の中で何かが大きくひび割れたように感じ、飲み物を一口も飲まないまま立ち上がった。「僕はおまえの不当な結婚と、感受性の強い子供に教えるであろう数々の道徳的な教訓を称賛する。それから、実は僕も結婚したんだ。子供もできた」

アリスティドの目が見開かれた。「ああ……なるほど」

「この好循環が続くよう願っているよ」

弟を残して立ち去るとき、ヴァレンティノは初めて、いつものような殺伐とした思いにとらわれなかった。憤慨するのが常だったが、その憤りは自分が正しいという絶対的な確信に支えられていた。

自分は善人であり、いつも本来あるべきように振る舞っているという確信に。

だが、もし料理や掃除がジネーヴラの愛情表現であったとしたら、もし彼女が僕に実の息子と同じように接していたとしたら……。

バレンティーノは、これまで自分のものの見方や考え方を疑ったことはなかった。疑いを抱くだけで、自分の中の何かが自分の意思に反して変化していく気がするのがいやだったからだ。

彼はロンドンの通りを雨に濡《ぬ》れながら時間をかけて歩いた。家に戻り、肩をすぼめて階段をのぼり始めたときには、夜も更けていた。そして、階段のいちばん上にカルリッツが現れても、なぜか驚かなかった。自分が彼女を呼び出したかのように。

もし彼女が夫を狂わせ、自暴自棄にさせるために、あえてシュミーズ一枚の姿で現れたのだとしたら、その作戦は図に当たった。

「あなたはどこかの店でばか騒ぎでもしているのかと思ったわ」カルリッツは涼しい顔で言った。「伝統に反して、新郎が結婚初夜にする新たな行動様式をつくるために」

「お姫《プリンチペッサ》さま、まだ僕たちの結婚初夜は終わっていないよ」

言い終えた瞬間、ヴァレンティノは結婚式の直後に立てた誓いから自分を解き放った。

今日、僕とカルリッツは昔ながらの誓いを立てた。そうだろう？　なのに、僕はなぜ、花嫁に手を触れないなどというばかげた誓いを一人で立てたんだ？　昔ながらの儀式の意義を否定するつもりか？

「我が身を献上して、僕はきみを崇拝する」

「今になって結婚初夜を始めるというの？」

カルリッツは冷たく尋ねたが、その金色のまなざしには、ある輝きがあった。彼も知っている輝きが。

ヴァレンティノは彼女に向かって再び階段をのぼり始めた。「恐れることはない。本当の結婚初夜がどんなものか見せてやろう」

彼は激しい鼓動を無視してさらにカルリッツに近づいた。近づくにつれ、彼女の目が大きく見開かれた。そして彼が何よりも喜んだのは、彼女が逃げずにその場に踏みとどまっていたことだった。

ついに階段をのぼりきると、ヴァレンティノはすばやく彼女を引き寄せて唇を奪った。そして、もう一度。それから彼女を抱き上げ、いちばん近い部屋のベッドまで運んだ。

そこでヴァレンティノは時間をかけ、間違いなく自分にはふさわしくない贈り物を開けるかのように丁寧に彼女の服を脱がしていった。

思えば三カ月前、カルリッツはバージンだった。これまでどの恋人にも所有権を主張したことのないヴァレンティノが、彼女を所有した唯一の男となったのだ。

その認識は、狂気じみた、圧倒的な何かとしてヴァレンティノに作用した。ある種のウイルスが彼の細胞や骨や臓器の一つ一つを支配したかのようだった。そして、自分がまったく別の人間になったかのような感覚を彼に抱かせた。

狂気へのスパイラル。それをもたらした女性を好きになるとは、彼にはとうてい思えなかった。

なのに、自分を止められなかった。

止めたくもなかった。

彼が望んでいたのは、その所有感を確固たるものにすることだった。

ヴァレンティノは彼女の体のすべてに改めて感動

し、隅々まで愛《め》でた。丸みを帯びたおなかを見つけると、彼の中でなんとも言いがたい震えが生じた。

柔らかな体に新たに加わった曲線がカルリッツをさらに美しく見せていた。彼女がヴァレンティノと結婚したこと、彼の子を身ごもったこと、それらがどんなふうに実現したかはもはや問題ではなかったし、これから二人の関係がどうなるのか思い煩う必要もなかった。

彼は男だった。彼女は女だった。そして二人は新たな命を生み出した。

ヴァレンティノはこれまで、自分の父親のような怪物にならないよう、人生の大部分を捧《ささ》げてきたが、今はそんなことを考えているときではなかった。カルリッツに、彼が誰であるか、彼女が誰であるかを思い出させるときだった。そして、一緒にいたとき、二人がどんな男で、どんな女だったかを。

「きみは僕に指図されるのが好きなんだろう?」ヴァレンティノは低いうなり声をあげて尋ねたあと、カルリッツを自分の上にのせ、豊穣《ほうじょう》の女神を見るように彼女を見つめた。なぜなら、カルリッツはまさに豊穣の女神だったから。

「あなたの指図には必ず従うと約束する」カルリッツは喉を鳴らしてささやき、唇に訳知りの笑みを浮かべた。「私たちが裸でいるときは」

彼はくぐもった笑い声をたてたかと思うと、いっきに彼女の中に欲望のあかしを突き立てた。

彼女が頭を反らして彼の名を叫び、のぼりつめるまで、ものの五分とかからなかった。

結局のところ、僕はこの結婚を成功させるだろう。僕がするべきは、王女でもある妻をできるだけ裸にしておくことだ……。

8

妊娠中期は初期よりもずっと楽だった。カルリッツは自分自身に戻った気がした。

とはいえ、それが妊娠が次の段階に入ったことによる単純な恩恵なのか、それとも結婚生活と関係があるのか、判断は難しかった。

結婚初夜の翌朝、目を覚ましたカルリッツは、ヴァレンティノが二人で初めて過ごした日の明くる朝と同じ行動に出たことに気づいた。

昨夜、二人はまず階段にいちばん近い客室に入った。そのあと、ほかの部屋にも新しい女性を紹介すると宣言した。そうして、二人はいくつかの部屋で体を重ね、夜明けまで過ごした。

結局カルリッツは、彼の寝室のベッドで目を覚ました。そのことで彼女が興奮する理由はないはずだった。今はもう、ヴァレンティノの妻なのだから。いずれこのベッドも共有するだろう。

あるいは、違うかもしれない、と心の声がささやいた。

実際、カルリッツはまた一人だった。またしてもヴァレンティノは彼女を一人にしたのだ。

前回はうまくいかなかった。

カルリッツはイタリアで泊まるはずだったホテルから送ってもらった服を着て、傷を舐《な》めながら時間をかけて身支度を整え、新たな人生の計画を立てた。

そして、その計画は頓挫し、あなたは彼と結婚したのね。再び心の声がささやいた。

カルリッツは、ヴァレンティノの妻としての最初の日、外見には細心の注意を払った。もし彼が、朝になってまた石になってしまうようなことがあれば、彼を責めるつもりだった。

なぜなら、長い夜の間に、あることがはっきりとわかったからだ。今回はヒップをたたかれることはなかったが、だからといってヴァレンティノが優しくなったわけではない。もしそうなっていたら、カルリッツは落胆したに違いない。

ヴァレンティノ・ボナパルトは、彼女を強い女性として扱ってくれた唯一の男性だった。ただ美しいだけでも、血筋がよいというだけでもない。彼が与えてくれるものはなんでも受け取り、それを彼に返すことによって、二人とも恩恵を受けられるようにする能力を持つ男、それが彼だった。

それは、カルリッツがこれまでに経験したことのない、すばらしいサイクルだった。

ローマで初めて会ったとき、彼が私の中に見たものはこれ——尽きることのない情熱だったのだ、とカルリッツはようやく理解した。ほんの少しの間しか満たされず、何度も何度も一つになることでしか満たされない強烈な欲求。

そう、ヴァレンティノがそれを放棄したことは、もはや驚きではない。おそらく彼は賢い選択をしたのだ。けれど、私は別の道を選んだ……。

カルリッツは着替えをすませ、髪を整え、化粧を直して、セクシーに見えるようにしてから、彼と向き合うために階段を下りていった。なぜなら、昨夜彼女が学んだ最も重要なことは、二人の間に起こったことに偽りはなかったということだからだ。

何一つ。

ヴァレンティノは彼女のすべてを感じていたし、彼女と同じようにすべてを体験していた。ただ一つ違うのは、彼はそこから離れる道を選んだということだ。そして、妻がなぜそのまま突っ走ろうとするのか、まるでわからないかのように振る舞った。

ようやくカルリッツは悟った。彼が何を言おうと関係ない。彼が何をしたかなんてどうでもいいと。彼が服を身につけている間は。感情を隠すために仕立てられた特注のスーツを着ている間は。

唯一重要なのは、絡み合い、肌と肌を触れ合わせながら二人がつくりあげた真実だった。

もう二度とそれを忘れない、と彼女は誓った。にもかかわらず、ヴァレンティノが自炊していることの驚きをいまだに抱えつつキッチンに足を踏み入れたとき、カルリッツは思わず立ち止まった。

彼がスーツを着ていなかったからだ。魅惑的なボクサーショーツ一枚でカウンターの前に立っていたのだ。彼はノートパソコンをしきりに操作していた。カルリッツに気づくと、ぞくぞくするような視線を送ってきた。

「さあ、食べて、お姫《プリンチペッサ》さま。赤ん坊のことを考えなければ」彼は諭すように言い、庭に近いテーブルの上で彼女のために用意された料理の皿に向かって、首を傾けた。

数週間後、母国にいても、結婚生活の最初の朝を思い出すと、カルリッツは幸福感のあまり全身に鳥肌が立った。

ただし、宮殿での会話は彼女の浮かれた気分に水を差すものだった。母親はカルリッツが駆け落ち同様で結婚したことに憤慨し、それが王室のイメージにどう影響するかという芝居がかった懸念を吐露した。一方で、娘の一人が結婚の一歩を踏み出したことを喜んでいる様子も垣間見えた。

しかし、子供ができたことを告げると、あまりに早すぎると母親は打ちひしがれた。

ミラは、二人きりで話したとき、〝そんなに悲嘆に暮れることはないわ〞と言った。

〝ええ、心というのはすばらしい器官よ。ちょっとやそっとのことでは壊れない〞カルリッツはそう応じた。考えているよりずっと丈夫で、どんなに複雑な状況でも、なんとか生き延び、そして成長する。

〝ただ、覚えておいて〟ミラは穏やかな笑顔で言った。〝もし彼をここに連れてきたら、私はただちに彼を宮殿の地下牢《ちかろう》に放りこめるって〟

カルリッツの花婿探しのために編成されたチームは納得のいかない様子だったが、首席補佐官だけは彼女に丁寧な口調で話しかけた。

ヴァレンティノとの関係の実態について長々と尋問したあと、年配の女性首席補佐官はにっこり笑ってこう言った。〝幸せである限り、殿下もお行儀よく振る舞うでしょう〟

〝それは誰にでもあてはまるわ〟カルリッツはそう返した。〝でも、残念ながら、その可能性は低いでしょうね〟

〝あなたのお姉さまは幸福を必要としていません〟補佐官は言った。〝だから、何があろうと礼儀正しくしていますよ。サプライズを好まない私たちの間では、とても好ましいことです〟

年配の女性がそう言ってカルリッツをじっと見たので、彼女は身構えた。けれど、お説教はなかった。その代わり、補佐官はほほ笑み、同情の念を込めて続けた。

〝それに、お母さまがいろいろおっしゃいますが、今は暗黒時代でもありません。次世代の王子、あるいは王女さまがお生まれになるとのこと、おめでとうございます〟

カルリッツは我ながら驚くほど補佐官の祝福がうれしかった。そして、自分の妊娠がいかに大きな意味を持つか、改めて思い知らされた。

王室に対する義務が果たされ、血統の維持がもはや差し迫った問題でなくなった今、ホームシックに似たものを感じている自分に、カルリッツは驚いた。とりわけ恋しかったのは、幼い頃に姉と一緒に過ごした日々だった。長じてからも昔のように一緒に過ごしたが、ごくまれだった。なぜなら、女王になる宿命を背負っているミラは勉強で忙しく、妹とのくだらない遊びに割く時間はほとんどなかったからだ。

もちろん、イタリアの本土沖に浮かぶプライベートアイランドでの生活は彼女にとって耐えがたいものではなかった。なぜなら、ヴァレンティノは彼女を甘やかし続けたからだ。

彼はカルリッツがどこにいても目ざとく見つけた。プールに足を突っこんで座っていたり、庭を散歩していたり、本を読んでいたり。ヴァレンティノは貪欲で、しかも奔放だった。彼は妻をあらゆる場所に連れていき、ありとあらゆる方法で快楽を授けた。島での彼女の暮らしは、毎日毎日が燃えるような官能に満ちていた。

ヴァレンティノは仕事で忙しかったので、カルリッツをオフィスに呼び、彼女の裸身を愛《め》でながら電話をかけまくった。ときには、カルリッツが彼のデスクの前の椅子に座って脚を広げ、彼の好きなようにさせることもあった。

またあるときは、彼が〝最も退屈な作業〟と呼んでいる書類仕事に取り組んでいる間、カルリッツが彼の前にひざまずき、彼を喜ばせた。

カルリッツがするべきことは、仕事を続けられる程度にヴァレンティノを楽しませることだった。彼が耐えきれなくなって彼女に襲いかかる寸前まで。だが、カルリッツは毎回失敗した。そして、彼女はむしろその事実こそが重要なのだと考えていた。

カルリッツがイタリアで暮らし始めて一カ月近くがたつ頃、ラス・ソセガダスの宮殿から彼女の持ち物が送られてきた。そして、ヴァレンティノのと隣り合ったドレッシングルームに彼女の服がつるされているのを見て、奇妙な気分に襲われた。海に面した小さなテラスのある居間がカルリッツの専用の部屋になり、今ではテーブルの上に彼女が旅先で集めた小物が置かれているのを見たときと同じく。

ヴァレンティノの不倫相手でも、ドラマティックな遠距離交際の恋人でもなく、妻であるというのは、実に奇妙なことで、カルリッツは妻としての役割をどう果たせばいいのかよくわからなかった。

彼女は実際に結婚して一緒に暮らすより、かつてのように二人の物語をこしらえるほうがずっと得意だった。おそらく、ヴァレンティノ・ボナパルトのことをよく知っていたとしても、それ以上に知らなかったことがたくさんあったからに違いない。

たとえば、カルリッツが島で歩いていい場所は決められていた。彼の父親を訪ねるなどもってのほかだった。

〝その不快な義務は、僕が必要だと思ったときに果たす〟ヴァレンティノは釘《くぎ》を刺した。〝できるなら、きみを父に会わせたくない〟

彼はベッドで、彼女がまだ絶頂の余韻に浸っているときに、そう言ったのだった。

それがもしベッド以外の場所だったら、その理由を問いただしていたかもしれない、とカルリッツは思った。そして口論になっていただろう。

島で暮らすようになって二カ月目の夕食の席で、彼が父親について触れたことがあった。

〝あの男には悪意しかない〟彼は吐き捨てるように言った。〝彼は毒でしかない。僕が知っている唯一の対処法は、父がどんなに非道なことをしても反応しないことだ。だが、父の悪意からきみを守るためにはたして同じように対処できるかどうか、残念ながら今の僕にはわからない〟

そのときは彼の主張には説得力があるように思えたが、親子の問題が彼の心に暗い影を投げかけているという懸念を、カルリッツは拭えなかった。にもかかわらず、ヴァレンティノの手でテーブルの上に寝かせられた瞬間、それ以上追及する気は失《う》せた。

振り返ってみれば、結婚初夜以来、彼はほとんどすべての場面で同じように対処してきた。

そう、セックスで。

世界中の人々が知っている兄弟の確執の原因はなんなのかと尋ねたとき、彼は軽口でかわし、カルリッツに裸になれと命じた。ギャラリーで代々の肖像画を見ながらヴァレンティノの母親について尋ねると、彼は彼女を腕に抱え上げて近くの部屋に運びこみ、ソファに横たえた。

そして、彼の腕の中で輝かしい一夜を過ごした翌朝、カルリッツは二人が交わした会話をまったく思い出せなかった。

私はあまりにも愚かだった、とカルリッツは今さらながら思った。まんまと彼の計略にはまっていたのだから。

なぜ気づかなかったのだろう？

今、カルリッツはベッドを飛び出し、身につけていた小さなシルクの部屋着を手に取った。そして顔をしかめながら、スイートルームと思われる別の部屋に忍び足で向かったところで、遅ればせながら気づいた。彼女にあてがわれた部屋は、ヴァレンティノの部屋から遠く離れていることに。

カルリッツはスイートルームを出て階段を下りた。スタッフと出くわすと、部屋着姿を見られた恥ずかしさを隠すため、姉をまねて精いっぱい穏やかな笑みを顔に張りつけた。

ノックもせずにヴァレンティノのオフィスに入ると、案の定、彼がデスクの前に立っていた。彼はカルリッツを認めるなり言った。

「僕はもう一度、きみにお仕置きをするべきかな、僕のお姫さま《ミア・プリンチペッサ》？」

腹を立てていたにもかかわらず、カルリッツの体は彼の言葉にすばやく反応した。まるで彼女の体のスイッチを入れたかのように。

「私を避けているようね」彼女は彼を責めた。

「なぜそう思うんだ？」ヴァレンティノは無造作に尋ねた。「僕たちはいつも一緒にいるのに」

「ベッドではね」

「いとしい妻よ……」

彼がそう言うと、シルクの部屋着に包まれたカルリッツの体はかっと熱くなった。彼の視線が下腹部に注がれるとなおいっそう。

「きみは僕から離れすぎている」

カルリッツは自分が幽体離脱をしているような感覚に襲われた。なぜなら、自分がどこか別の場所から見ているように、ヴァレンティノが何をしているかわかったからだ。彼が立ち上がり、机をまわって彼女を抱きかかえる様子、深くかき乱すようなキスをする様子……。

カルリッツは自分のすべてをかけてキスを返すしかなかった。

ヴァレンティノは彼女を暖炉の前の厚い絨毯《じゅうたん》の上にいざなった。それから妻の部屋着を剥ぎ取ると、彼女がいつものように彼の名前を泣き叫ぶまで、思うがままに攻め続けた。

さらに、大きくなったおなかに負担がかからないようカルリッツを四つんばいにさせて後ろから貫いた。キスをするために、手を伸ばして彼女の頭を引き寄せながら。

カルリッツは彼が離れるまで、身を委ねるしかなかった。

しかし、絶頂の余韻に浸っているうちに、カルリッツははっと我に返り、自分が彼のオフィスに押しかけた理由を思い出した。そこで、彼女は横たわったまま彼のほうに向き直り、指先で彼の眉間の険しい溝をなぞった。

「何年もこの感情から逃げてきたのに、こうしてあなたと一緒にいられるなんて信じられない」

カルリッツは彼がわずかに身をこわばらせたことに気づいたが、そのまま続けた。

「初めてあなたを見たとき、こんなことが起こるなんて想像もしていなかった。私たちが毎日、こんなふうに情事にふけるなんて。夫婦になって、ますます愛し合うようになるなんて」

その言葉を口にすることで彼を試しているのだと自分に言い聞かせたい気持ちもあったが、カルリッツは自分をだましていることに気づいていた。なぜ自分をだます必要があるのかはわからなかったが。

カルリッツはヴァレンティノ・ボナパルトを初めて見た瞬間、恋に落ちていたのだ。

それこそが紛れもない真実だった。

しかしヴァレンティノは身を離し、立ち上がった。

彼女に注ぐまなざしは険しく、少しもセクシーではなかった。

「きみには感謝している」ヴァレンティノは冷ややかに言った。「だが、僕の前できみの気持ちを口にするのはやめてくれ」

「ヴァレンティノ、私は自分が話したいと思ったことはなんでも話すわ」カルリッツは彼に倣って冷静に言った。「私の愛があなたの気分を害したのなら、ごめんなさい。でも、ローマでのあの夜以来、あなたが二人の間にあるものから逃げていることを考えると、あなたはそれがずっと存在していることに気づいていると思う。間違いなく」

「カルリッツ、僕の話を聞いてくれ」ヴァレンティノは彼女を裸のまま床に座らせた。彼がすばやく服を身につけている間も、彼女はそのままじっとしていた。「きみには自分の聞きたいことだけを聞く傾向がある。そして、すでに頭の中に存在するシナリオに合うように、物事をでっちあげる」

「ええ、そうかもね」カルリッツはそっけなく同意した。「私には明らかに妄想癖がある。だからこそあなたの妻になれたのよ」

「ただ、僕たちの性的な相性が桁外れにいいことは事実だ」

ヴァレンティノの冷淡な物言いに、カルリッツは怒りが湧いた。相性のよさを彼が軽視しているように思えたし、それだけで二人の関係を片づけてほしくなかったからだ。確かに私たちの相性は桁外れだけれど、二人の間にはそれ以上のものがある。ヴァレンティノが相性で片づけようとしたのは、本当は彼もその存在に気づいているからにほかならない。

「あなたが言いたいのは、私を愛しているということだと思う」カルリッツは切りこんだ。彼が二人の間には何もないと断言していたにもかかわらず、今こうして二人は結婚している。それが何よりの証左だ。彼女はそう思っていた。

私の人生は表向きは華やかだったが、実際は空虚なものだった。ローマでのキス以来、ヴァレンティノだけが身を捧《ささ》げるべき唯一の男性だと感じていたからかもしれない。そして今、彼は私の夫としてここにいる。二人の間にあるものを、私は感じ取れる。それを〝愛〟と名づけることを私は恐れないけれど、口にするのは容易ではない。なぜなら、彼が聞きたくない言葉だったから。

「ヴァレンティノ、怖がる必要はないわ。私もあなたを愛しているのだから」

「僕はきみを愛してはいない」ヴァレンティノはきっぱりと言った。

その毅然《きぜん》とした口調に、カルリッツはショックを受けた。彼の目に、一縷《いちる》の望みを託せるような輝きは見られない。声にも、彼の本当の気持ちを表すような響きはまったくなかった。

彼に平手打ちをされたほうが、傷は浅くてすんだに違いない、とカルリッツは思った。

ヴァレンティノはそうする代わりに、ポケットに手を突っこんだ。

「きみが苦しんでいるのはわかるが、僕たちは理解し合っていると思っていた。カルリッツ、僕は毎日、きみとセックスをすることができ、それだけで充分に幸せなんだ。僕はセックスが好きだ。特にきみとのセックスが」

「もし、あなたがセックスや相性についてもう一言でも口にしたら……」カルリッツの声はかすれていた。「何をしでかすか、わからないわよ」

彼の顔に哀れみが浮かんだ。「この衝突は避けたかったが、子供が生まれる前に解決しておいたほうがいいと思う。僕の家で混乱が生じるのは耐えがたいからな」

彼の顔にいつもの毅然とした表情が戻った。それは哀れみや同情よりはましだった。とはいえ、生きている間に霊廟《れいびょう》を建てた男性は、自分の本当の感情を胸の奥深くに封じこめてしまったのだ、とカルリッツは改めて思った。そして、自分をそんなふうにさせた幼少期の記憶から逃れるためなら、彼はなんでもするのだろう。

ヴァレンティノは続けた。「この家のすべてが、心が落ち着くよう綿密な配慮がなされていることに、きみは気づいていないんだろうな」

「ここは墓場と同じよ」彼女は自分が嗚咽《おえつ》そのものと化したかのような気分に陥ったが、実際にはすすり泣きがもれることはなかった。

「混乱は生じさせない」

その口調に、カルリッツは切迫したものを感じた。彼女を見る目や身ぶりにも。自分では望んでいない感情が彼を満たしているのだ。それは愛だ、と彼女は確信した。

「僕が住む家は、最高級のアートギャラリーのようであってほしいんだ。酔っぱらいや、割れたガラスであふれた、吹きだまりのような酒場ではなく」

カルリッツは、赤ちゃんには高級ギャラリーなんて無用の長物だと言い返したいのを、ぐっとこらえた。今はそのときではないと判断したからだ。

「あなたは、すてきな金曜日の夜のことを言っているのね」彼女は言い返しながらも、彼の視線から身を隠したいという衝動に駆られた。自分のためではなく、彼のために。いずれにせよ、彼女はその場にとどまり、閉じこもる女神さながらに座ったままでいた。自分の中にある王家の血を一滴残らず沸き立たせながら。

好むと好まざるとにかかわらず、カルリッツは姉の後継者だったからだ。彼女は何日でも威厳を保ち続けることができた。

カルリッツは、ヴァレンティノが彼女の裸身を見ると自制心が働かなくなることを知っていた。彼女が裸の彼を見たときと同じように。

そして、自分の赤ん坊を含めてすべてをコントロールできると自負している彼が、彼女の前ではコントロールがきかなくなることを証明したかった。

「僕が恐れているのは、僕たちが根本的に相いれないということなんだ。価値観を共有していなければ、性的な魅力は癌《がん》と同じだと言ってもいい」

「いいえ、それはむしろ楽しいことよ、ヴァレンティノ」

「なぜわかる？」彼は冷ややかに尋ねた。「きみはパーティで王女の役割を果たしていたが、あれは偽りの姿だ。注目を集めるために演じていたにすぎず、今は僕の注意を引こうとしている。だが、きみはそれを望んでいない。そうだろう？」

「いいえ、望んでいるわ」カルリッツは否定した。

「きみが望んでいるのは、きみが頭の中でこしらえた男だ」

その指摘は、カルリッツが懸命にしがみつこうとしていた、二人の間には愛があるという確信を揺さぶった。

「僕が欲しかったのは、母みたいに注目を集めることに生きがいを見いだす女性ではなく、従順で物静かな妻だった」

本当に平手打ちを食らっても、これほどには驚かなかっただろう。「あなたがお母さまの悪口を言うのを初めて聞いたわ」

「当然だ。母の悪口を言ったことはないから。言ったところでなんの意味もない」

食ってかかるヴァレンティノの視線は、彼が仮面を外したことを物語っていた。

「母親について語ることに、意味なんていらない」

「自分が似ていると思ったら、言ってくれ、カルリッツ」今や彼の目はぎらついていた。「母は能天気な女で、その美しさと快活さは有名だった。だから父は母を追いかけた。そして、自分の島に連れ帰り、彼女を亡霊に変えてしまった」彼が浮かべた笑みは硬く、残忍でさえあった。「もちろん、僕が見たのはその後の母だけだ。僕を育ててくれた母は、父が結婚した女ではなく、父がつくった女だった。嫉妬深く、精神的に不安定で、一緒にいて楽しい人ではなかった。やがて何年も疑われていた精神的疾患が明らかになると、母は薬に頼り始めた。酒だ。手当たり次第に飲みまくった」

「ごめんなさい。私、何も知らなかった」カルリッツは沈んだ声で言った。「あなたも、あなたのお母さまも、お気の毒としか言えない」

「僕が昼夜を問わず苛《さいな》まれている圧倒的な感情が何か、知りたいか?」彼の目は陰鬱な光を帯びていた。「罪悪感、そして羞恥心。そもそも隠すべきではなかった情報を弟から聞かされたとき、僕はその場を去りたいと思った。この島から、父から、すべてから離れたかった」

彼が〝アリスティド〟と言わなかったことに、カルリッツは引っかかった。

ヴァレンティノは相変わらず自嘲めいた口ぶりで話し続けた。「母は父のもとを去るのを拒んだ。そして僕は、母が打ちひしがれているのを見続けた。何年も。母の体調が悪化し病院に行かざるをえなくなるまで。だが、父はそのとき、母を本土に搬送する船やヘリコプターを呼ぶのを拒んだ。僕は手遅れになるまでそのことを知らなかった。母の支離滅裂な言動に嫌気が差し、丘のふもとの古い礼拝堂で寝起きしていたからだ。そのときの後悔が僕の抱いている唯一の感情なんだ」

言葉を発するごとに彼の目の黒い影が広がっていくことに、カルリッツは胸を痛めた。「あなたは子供だった」落ち着いた声を出そうと努めながら続ける。「お母さまの世話をする責任を担うのはあなたじゃない」

「もう一度きくが、どうしてそんなことがわかるんだ？」尋ねる彼の目は燃えるようだった。「きみはかわいらしくほほ笑んで後ろに控えている以外、何も求められていなかった。なんであれ、責任を負ったことがあるのか？」

「あなたが今していることは理解できるわ」カルリッツはできるだけ冷静に聞こえるよう落ち着いた声で言った。「でも、ヴァレンティノ、あなたはもう何年も私につれない態度をとり続けてきたことを思い出すべきよ。もう慣れたけれど、あの頃も今も、あなたの本心から出たものではないと信じている」

ヴァレンティノとの間に芽生えたものは最初から強固で、言わば二人をつなぐ鎖のようなものだった。

だが、それだけではなかった。

ローマのダンスフロアで彼は私を抱きしめた。まるでとても大切な何かのように。背中に置かれた彼の手はとても大きく、それでいて優しかった。

また、彼に初めて身を捧げた夜、二度目のセックスのあと、彼は親身に介抱してくれた。私をバスルームに運び、体の隅々まで洗って……。

ヴァレンティノは私のヒップをたたいて叱りもした。私はいまだに、それがいかに好きだったか、ときどき思い出す。

彼は私の純潔を奪ったけれど、私のことを宝物のように大切に扱った。

それだけに、翌朝、私はいっそう惨めな気持ちになった……。

カルリッツは長い間、ヴァレンティノの核心は彼の冷酷さにあると自分に言い聞かせてきた。しかし、今は毎晩ベッドを共にしている。闇の中で彼に抱かれたときのとろけるような心地を知っているし、眠ったふりをしているとき、彼がそっと眉間にキスをしたことも知っている。

そして、冷酷さは彼の演技だと知った。その裏に隠れている優しい男性こそ本当のヴァレンティノだと。

「だからといって、僕はきみの英雄にはなれないよ、ミア・プリンチペッサ。きみがマゾヒスティックになるだけだ」ヴァレンティノは歯の間から押し出すように言った。

「だけどあなたは、私のそういうところがいちばん好きなんでしょう？」

カルリッツは言い返すなり、再び彼の膝の上に体を横たえて挑発を試みた。二人が互いに完璧にフィットしていることを改めて証明するために。彼の硬さを受け止めることで、彼の柔らかさを手に入れるのだ。それができるのは自分だけなのだと。

ヴァレンティノはその挑戦に応え、カルリッツが彼に対して感じていたことのすべてがあふれ出すまでヒップをたたいた。あまりの快感に彼女が泣き叫び、指による愛撫《あいぶ》が加わって、彼の名を呼びながら粉々に砕け散るまで。

間をおかずにヴァレンティノはぐったりした彼女をソファまで運んだ。そして王女を抱いたまま座って、膝の上にまたがらせると、自由になった手で彼女の赤くなったヒップをつかんで持ち上げ、欲望のあかしの上に落とした。

数分後、二人は同時にクライマックスを迎え、カルリッツは彼の肩に噛《か》みついた。鎖骨のすぐ上の肌に跡が残るほど強く。

しばらくして、ヴァレンティノはその跡を指で押さえ、目をきらきら輝かせて、彼女をじっと見た。カルリッツは彼の目に、自分が後悔していないように見えることを祈るしかなかった。

「これが、僕たちの結婚生活で感情が絡み合うただ一つのシナリオだ。わかったか？」

「あなたの言い分はわかったわ」カルリッツは答えた。「でも、同意したんじゃない」

「僕は出張に行く。きみも連れていくつもりだったが、少し距離をおいたほうがいいと思う」

カルリッツはソファの上で丸くなっていた。ヴァレンティノが床から拾い上げた部屋着を差し出したが、彼女は無視した。彼はしかたなくそれを彼女の近くの肘掛けにかけた。

「当然よ」カルリッツはぽつりとつぶやいた。「その間に、あなたは防御壁を築き直すんでしょうね」

「カルリッツ……」

ヴァレンティノがささやき、彼女の顎をつかんで持ち上げたとき、彼女はすばやく息を深く吸いこんだ。その瞬間、いつものように、カルリッツの体は内側から溶けだした。彼女の体には、彼や二人の結婚に根差す葛藤はなかった。

「きみはこの家で過ごす時間を、僕とは関わりのない、自分のためにする何かを見つけるのに費やしたほうがいい。またお仕置きを受けたくないなら。愛がどうのこうのと執拗《しつよう》に僕を責めても、きみが望むものはけっして得られない」

前にもヴァレンティノは同じことを言っていなかった？　カルリッツの胸にどうしようもない悲しみがこみ上げた。そして、彼は本当に冷たい人間なのかもしれないと思い、彼を憎みたくなった。

そのときだった。カルリッツは奇妙な感覚に襲われ、思わずおなかに手を当ててうつむいた。

「どうした？」ヴァレンティノの声は荒涼としてはいたが、よそよそしくはなかった。

カルリッツはまた奇妙な感覚に襲われ、今度はほほ笑んだ。「赤ちゃんがおなかを蹴ったの」

赤ん坊が男の子だとわかったのは、先週のことだった。そのとき、ヴァレンティノは無愛想にうなずいただけだったが、カルリッツは歌を口ずさみ始めた。彼女の小さな男の子のために。

「そうなのか？」

ヴァレンティノがしゃがむと、カルリッツは息を止めた。彼は手を伸ばしたものの、おなかに触れる寸前でためらい、許可を求めるかのように妻を見上げた。

その瞬間、カルリッツは今まで知らなかった昔ながらの女性らしい喜びが頭をもたげるのを感じた。そして、ヴァレンティノの手を取り、日に日に大きくなっていくおなかの上へ導いた。そのとたん、父親の手を認識したかのようにまたも赤ん坊がおなかを蹴り、彼の表情が変わった。

「彼はお父さんを知っているのよ」

つかの間、カルリッツは夢にまで見た憧れのヴァレンティノを見た。喜びがあふれた彼の顔を。目は輝き、あんな色合いのブルーは見たことがない、と彼女は確信した。

ヴァレンティノは不思議そうに彼女のおなかを見

下ろし、続いて目を見つめた。

そして、至福の時間は終わった。彼が石と氷に戻っていくさまを、カルリッツは切なげに見守るしかなかった。

「僕は十日ほど留守をする」ヴァレンティノは淡々と言った。「カルリッツ、この時間を有効に使ってほしい。たとえば、家の中を探索するとか。ここは僕が自分自身を見つめ直すためにつくった場所だ。すべてが完璧で、曖昧なものはない。この家に置いてあるもの一つ一つが心を落ち着かせてくれる。きみもそう感じてくれるのを願っているよ」

ヴァレンティノはまだ彼女のおなかに置いたままの手を、ほんのわずか握りしめた。まだ見ぬ息子を抱きしめるかのように。

今にも泣いてしまいそうだったが、カルリッツはぐっとこらえ、何も言わないよう自分に言い聞かせた。いつものようにヴァレンティノが彼女を置き去りにして立ち去るまで、赤ん坊と一緒に座っていた。

夫が出かけたあと、カルリッツは家の中を歩きまわり、家全体を厳しい目で観察した。

そこにあるものはすべて、彼が選び抜いたものだった。ミニマリズム——そのスタイルを地で行くように。ロンドンの彼の家も同様だったが、ロンドンのほうは元の建物の特徴を生かしながら、より居心地のよい空間をつくり出していた。それに比べ、この家はあえて荒涼とした空間をつくり出しているように見えた。すべてが簡素で、とても洗練されている。

だが、カルリッツは古代の芸術品や国宝で埋めつくされた宮殿で育った。そしてラス・ソセガダスは寒く、雪の多い場所で、冬は長く暗い。そのため、母国では豊かな色彩が好まれた。カルリッツもそうだった。

翌朝、カルリッツはスタッフが用意してくれた小さな書斎に入り、部屋に飾られていた眠気を誘うような絵の代わりに、描きかけのキャンバスを並べた。それから絵の具を持ってホールに出た彼女は、ずっと憧れていたことをした。すべての壁、すべての天井を塗りたくっていったのだ。

再考するようスタッフに懇願されると、彼女はもっと大胆な色を選んだ。

カルリッツは昼夜を問わずその作業に熱中した。それが終わったときには、ヴァレンティノの厳かな宮殿は様変わりしていた。

混沌《こんとん》として、明るく、幸福感にあふれ、あらゆる点で、ヴァレンティノが忌み嫌うに違いない光景が出現したのだ。

彼が戻ってくるまであと二日。彼女は生まれ変わった空間を満喫しながら、来るべき嵐に備えた。

9

僕は脳卒中を起こしたに違いない。ヴァレンティノはそう思った。あるいは、心臓発作を。

最初の奇妙な兆候は、スタッフが誰も目を合わせようとしないことだった。ヴァレンティノが車を降りたとき、いつもは礼儀正しく挨拶を交わすスタッフが、荷物を受け取るとそそくさと立ち去った。その理由を理解するのに、家の中に入って三秒もかからなかった。

自分は死ぬのだと思った。あるいはもう死んでいるのだと。どちらがいいのかヴァレンティノにはわからなかった。ここで何が起こったのか、教えてもらう必要はなかった。

色彩の上に色彩が重なり、模様が重なり、さらにまた色彩が重なる。

カルリッツが、妻が、僕の家を不協和音の巣窟に変えてしまったのだ……。

「そのとおり」

唖然《あぜん》としてホールを巡り歩いていたとき、背後でカルリッツの声が聞こえ、ヴァレンティノは自分が声に出してつぶやいていたことに気づいた。

「すばらしく、華やかな感情の不協和音。あなたはこれを見て、これを愛することを学ぶべきよ。そのための模様替えよ」

ヴァレンティノはゆっくりと振り返って彼女を見た。彼が結婚したこの狂気じみた女性は、誰かが海から引き上げたに違いない野生の生き物のように階段に座っていた。髪は、彼の出張中に一度もブラシをかけたことがないように見えるうえ、なぜか前よりももっと赤く、もっと太く見えた。裸足《はだし》ということも、野性味をより強く感じさせた。まもなく十二月、晴れてはいても暖かくはないにもかかわらず。

カルリッツはペンキの飛び散ったオーバーオールに身を包み、その下には破れたシャツのようなものを着ていた。ホームレスさながらだ。世界屈指の裕福な男の妻でも、生まれながらの王女でもなく。

それでもヴァレンティノが目をそらせなかったのは、彼女が反抗的な表情をしていたからだ。

「それで……」彼はできる限り冷静に尋ねた。「この暴挙に対して僕がどんな反応を示すか、想像したのか？」

「もちろんよ。あなたがこれをすてきな贈り物として見てくれるよう期待しているの」彼女はほとんど陽気な声で答えた。「でも、それが無理なら、充分に合理的な取り引きができるんじゃないかしら」

ヴァレンティノが理解できずに妻を見つめると、彼女はほほ笑んだ。

「ヴァレンティノ、あなたは私が感情を表現することを望んでいない。だから、私はあなたがそれを見ることができるようにしたの」

ヴァレンティノが最も奇妙に思ったのは、自分が怒りを爆発させていないことだった。この家が自分にとってどんな意味を持っているか、彼女に話して聞かせた。しかも、彼のことを愛していると打ち明けた妻に裏切られたのだ。だから、この暴挙に打ちのめされ、真っ向から怒りをぶつけて当然だった。そして、なぜ彼の人生にはこのような裏切りがあとを絶たないのか、見つめ直す必要があった。

ところが、彼女を見つめながら、ヴァレンティノは後悔していた。妻を出張に同伴しなかったことを。家になじむよう促した結果、カルリッツに彼をこのように攻撃する手段を与えたしまったことではなく。僕は常に肝に銘じておくべきだったのだ。カルリッツが、僕が忘れることのできない唯一の女性であると同時に、二度と思い出せないようどこかの記憶ボックスにしまっておくべき唯一の人物でもあることを。

言わば、カルリッツは呪いのような存在だった。もし今度の出張が試験だったとしたら、僕はものの見事にしくじったのだ。なぜなら、滞在を余儀なくされたすべてのホテル、訪れたすべての都市で、彼女の幻影に悩まされたのだから。

それが、僕が今、十日前のような反応を見せなかった理由かもしれない。

ヴァレンティノは妻に説教をしなかった。ああしろ、こうしろと命令することもなかった。その代わりに、彼はあたりを見渡した。色彩を、模様を、イメージを。そして、彼女の芸術志向は素人の趣味にすぎないと思っていたのに、実は優れた芸術家であったことを知り、少なからず衝撃を受けた。もし彼が違うタイプの男だったら、この家を傑作だと思い、彼女に完璧なキャンバスを与えた自分を祝福したかもしれない。

しかし、彼はまさにこの島で精神や感性を育んできた男だった。これはゲームではないことを、妻に理解させるときがきたのだ。

「よくやった」ヴァレンティノは言った。彼女を見つめれば見つめるほど、旅の疲れが癒やされていく気がした。「もしきみが僕の家のあらゆる場所を汚す必要を感じるほど鋭敏な視覚の持ち主なら、きみは自分の目で確かめるべきかもしれない」

カルリッツは興味をそそられたようだった。

「何を？　もっとよくわかるように言って」

ヴァレンティノは彼女の服装に目を向けた。

「その前に、少なくともホームレスには見えないように、着替える必要がある。今のきみは芋虫みたいだ」

「マイ・ダーリン」カルリッツは笑った。「私はラス・ソセガダスの王女よ。私がいつも芋虫のような格好で公の場に姿を現せば、ほかの誰もがまねるでしょう」

それでも、彼女は自室に戻って着替え、息をのむような洗練された姿で戻ってきた。まさに彼が知っていたとおりの王女の姿だった。

そしてヴァレンティノは、その日のうちに彼女を父親に引き合わせようと決めた。

車で父親の家に行ったほうが早いが、彼はできる限り自分の言い分をカルリッツに理解させたかった。そのため、父親の家まで歩くことにした。

カルリッツが何年も前から彼にしてきたこと、そして今、彼女が彼の家にしたこと、それらから導き出されるものが一つあった。それは、自分が負けたという事実だった。

これがどんな戦いであれ、彼が優位に立つためにとろうとしてきた戦略は、すべて無駄になった。

勝利の栄冠はカルリッツの頭上に輝いたのだ。だから、彼に残されたのは、彼女が自分の賞品として受け取れるものはなんなのかを正確に示すことだけだった。

二人は家を出て、並んで歩きだした。

「この島には多くの物語が伝わっている」ヴァレンティノは彼女を家の裏手に連れ出し、崖に沿った小道をのぼりながら言った。「僕の家族の誰も、僕たちの姓を持つ最も有名な男――ナポレオンの血を引いているとは思っていない。確かなことは、この島は長い間、山羊飼いの領地だったということ、戦略的には重要な島ではなかったということだ。そして、やがて僕の先祖の一人が所有するようになった。その先祖は、この島の牧歌的な魅力に取りつかれたらしい」

「ええ、この島にはたくさんの魅力があるわ」

カルリッツはヴァレンティノの横を歩いていた。体がかなり重くなっているにもかかわらず、彼に歩調を合わせるのに苦労はないらしい。十日間の留守中に彼女のおなかはさらに大きくなっていて、それがさまになっていることに彼は驚いた。

ちらりとカルリッツを見たとき、彼女は彼を見ていなかった。その視線は、晩秋の陽光が波の上で躍る海に注がれていた。

カルリッツの髪は今、頭の上で結ばれていた。着ているもの自体は特別なものではなかった。美しくカットされたパンツにカシミアのセーター、足元はブーツだ。冷たい海風を防ぐには充分だった。

あたりには、潮の香ではなく、シナモンの香りが立ちこめていた。

「きみはカメレオンだな」ヴァレンティノはぽつりと言った。

彼女は笑った。「褒め言葉として受け取ることにするわ」

「きみはどこに行っても、楽々と溶けこんでいるように見える」

「楽にできるわけじゃないの」カルリッツは否定した。「そう見えるなら、うれしいわ」低い声で続ける。「あなたの一族にもそれなりの名声と評判があるけれど、私の一族とは違う。高名であることと王室の一員であることの間には決定的な差がある。どんな種類の君主制であろうと、王室は公共の財産なの。だから、私たちはなんらかの形で公務をこなさなくてはならない。私と姉は幼い頃から、周囲の人たちを心地よくさせることほど大切なことはないと教えられてきた。実際、私は姉よりそれが得意だけれど、あなたにはわからないでしょうね」

「つまり、女王は高尚すぎるから？」

カルリッツは首を横に振った。「私が言いたかったのは、そういうことじゃない。姉は女王だからというだけ。だから、どんなに周囲を和ませようと努力していても、彼らが見ているのは女王としての姉だけなの。とはいえ、私たちは、ほかの子供たちが遊んでいるときに、楽に溶けこめているように見せる練習をしていたわけ」

二人は歩き続けたが、片側は断崖絶壁であることをヴァレンティノは片時も忘れずにいた。そういう環境こそ、自分にふさわしいと思った。母のようにはならないと誓って生きてきた。母だけでなく、家族の誰とも。けれど、ここに至って、ヴァレンティノは自分も彼らと同じだと思い、打ちのめされていた。崖から真っ逆さまに転落したかのように。

まるで自ら身を投げ出したかのように。

「僕の家族の中に一人だけ、なんの苦労もせずにのうのうと生きている人間がいた」ヴァレンティノがその話を人にしたのは、これが初めてだった。「つまり、彼――父はたやすく、無慈悲で残酷になれたということだ。他人の痛みを喜んでいた。母が死んでからますますひどくなった。そして時がたつにつれ、弟の、巷間《こうかん》ささやかれている〝無謀な魅力〟は、父をそっくりまねていることが僕の目には明らかになった。僕は彼らのようには絶対にならず、その代わりに、一族の中で尊敬に値する人を手本にすると誓った」

「お母さまのこと?」

「いや、祖父母のことだ。祖父母は、彼らの息子よりはるかに善人だった」彼は嘆息した。「僕はそのギャップを埋めるために最善を尽くした。少なくともそう思っていたところへ、きみが絡んできた」

「ええ、文字どおり」彼女の声は弾んでいた。

「きみはそんなふうに軽口をたたくが……」ヴァレンティノは暗い表情で言った。「これは冗談に紛らすような話じゃない」

「ヴァレンティノ、今あなたがしていることは、十一月の終わりに崖沿いを歩きながら、なかなか核心にたどり着かない暗いつぶやきよ」カルリッツの口調は穏やかだが、そこには憤りもにじんでいるのが感じられた。「覚えておいて。あなたはこの数年間、私の痛みを少しも救ってくれなかった。あのキスはなかったふりをしても、痛みは消えなかった。さらに痛くなっただけ」

「僕にはそんなつもりはなかった」

「でも、確かにあなたが痛みをもたらしたの」カルリッツは肩をすくめた。「あなたを愛しているから、耐えられたけれど」

「どうしてそんなふうに確信を持てるんだ?」

カルリッツは不思議そうに彼を見つめた。「あなたを見たからよ」彼女はさも当然のことのように答えた。「ローマで舞踏会の会場を見渡したら、そこにあなたがいた。すぐにヴァレンティノ・ボナパルトだとわかった。あなたを知っていたから」再び肩をすくめる。「これ以上は説明できない」

カルリッツは彼の反応を待つことも、探ることもしなかった。

「そして……ほら、見て。今、私たちはこうしてここにいる」

「だが、僕たちが今どこにいるのか、それを知っているのは僕だけだ」ヴァレンティノは彼女を見すえた。「もうすぐわかるよ」

その謎めいた言葉に困惑し、カルリッツは何も言えなかった。

二人はさらに歩き、次の高台を越えたところで、ヴァレンティノは指差した。丘の中腹に刻まれた狭い石段を下ったところに、彼の父親が〝半島〟と呼ぶ土地が広がっていた。そこは海に突き出た岩がちな場所で、一族の最初の家があったところだった。今では〝ボナパルトの愚行〟と呼ばれ、ヴァレンティノはその名のほうがふさわしいと思った。

「地獄へようこそ」彼は陰鬱な声で言った。それゆえ、彼の傍らでカルリッツが笑ったのには驚いた。

階段を下り始めても、まだ笑っていた。自分が何に巻きこまれるかわかっていないのは明らかだ。

父親からよく呼び出しを受けたが、ヴァレンティノはたまにしか応じなかった。放っておけばいずれ呼び出しもなくなるだろうと思い始めると、なぜかいつも最悪のタイミングでミロが現れるという恐ろしいジンクスがあった。

父は報復しているのだとヴァレンティノにはわかっていた。父は無視されるのが嫌いだからだ。

ヴァレンティノが階段を下りきったときには、カルリッツはすでに、彼が子供の頃に見た悪夢のように暗くて不気味な家に向かっていた。追いつくためには急がなければならず、追いついても彼女は彼をちらりと見ただけで、歩き続けた。

「あなたのお父さまなんて怖くない」カルリッツが唐突に言った。

「僕も少しも恐れていない」ヴァレンティノは髪をかき上げながら言った。「だが、ビジネスで成功を収めた父の力を過小評価しているわけではない」

「わかっているわ」カルリッツは目の前の家を眺めながら応じた。

それは、一部しか改築されていない、まさにアンティークな建物――城だった。しかしミロは、家宝や絵画など、代々受け継がれてきたものを大切にしていた。

「わかってくれるとは思わないが……」彼は歩きながら応じた。「いや、いずれわかるだろう」

カルリッツは壮大なエントランスの手前で足を止めた。「私は父を心から愛していた。でも、私は父を失望させてしまった。私がまだ若く、感受性が豊かだったときに父からそう告げられたから、父の言葉はその後の私の人生に大きな爪痕を残したわ」

ヴァレンティノは無言で彼女を見つめ返した。

「でも、私たちは皆、自分の中になんらかの暗い影を抱えているんじゃないかしら？　それに対処して捨てるか、永遠に持ち続けるかは、私たちがそれぞれ自分で決めるしかない」

「そして、影にすべてを支配されてしまう者もいる。今にわかるよ」ヴァレンティノは痛みに満ちた声で言った。「父が華やかな都会ではなく、こんな僻地《へきち》に住んでいるのには理由がある。父には、接触してくる人を拒絶するという癖がある。離れ小島に引っこんでいるほうがずっと楽なんだ」

「すばらしいわ」カルリッツはそう言って、ヴァレンティノも同じなのかもしれないと思い、唇を噛《か》みしめた。だとしたら、彼の家を色彩で満たしたのはとんだ間違いだとわかったからだ。「私はかねがね、隠遁者《いんとんしゃ》に一日中何をしているのか尋ねてみたかったの。何かを突きつめて考えるとか、自分自身に物語を語り聞かせるとか？　独りぽっちで寂しくないのかもきいてみたい」

「父の考えはただ一つ」内側からドアの鍵が開けられる寸前、ヴァレンティノは言った。彼も鍵を持っていた。何年もたった今も、その鍵はあの激動の日々を思い出させる。叫び声、怒鳴り合い、ガラスの割れる音、朝まで続くすすり泣き……。

ドアが開け放たれると、ミロが立っていた。取ってつけたような笑みを浮かべて。

ヴァレンティノはよく、人生で最大の幸運の一つは、内面的には父親と自分が似ていないことだと思っていた。もし似ていたら、彼は内側から毒に侵されていただろうから。ミロは虚栄心が強く、顔のしわに気を配り、敵と見なした人間、つまり会う者すべてと自分の容姿を比べた。彼はまた、自分の息子たちをじっと見ては、大げさに嘆いた。私の遺伝子の恩恵を受けながら、見返りをほとんど与えくれない、と。

ミロはヴァレンティノやアリスティドほど長身ではなかった。ヴァレンティノは、会うたびに父は小さくなっていると思ったが、希望的観測にすぎなかったのかもしれない。

窓から二人が来るのを見ていたはずなのに、ミロは息子の出現に驚いたかのように、ヴァレンティノをじっと見つめた。ミロの唇がゆがみ、何か辛辣な言葉が飛び出すかと思ったが、何も言わなかった。カルリッツに注意を向けただけだった。なぜなら、美しい女性が存在する唯一の理由は、自分を称賛するためだと思っているからだ。そうした態度がヴァレンティノを刺激することを期待しているのだ。

だが、そのときヴァレンティノが感じたのは、母親が島に幽閉されたのは、なぜか自分のせいだと思いこんでいた頃の気持ちだった。僕が生まれたために、母は島から出られなくなったのだ、と。

母が自らそう言った可能性もあった。

ヴァレンティノはミロから母を守ろうとした。そして、母がそれを望んでいなかったことを理解するのに、人生の多くを費やした。母が欲しかったのは注目だった。とりわけ夫の注目が。それを得るためなら、手段をいとわなかった。カルリッツのように。もっとも、ヴァレンティノはもう大人で、カルリッツは妻だった。持ち前の冷静さを失って彼女を守ろうとすれば、ミロが大喜びするだろうし、カルリッツもいやがるに違いないことを彼は知っていた。

ミロは侮辱するかのようにカルリッツの全身に視線を走らせた。そして腹部のふくらみに目を留めた。ヴァレンティノは顎が砕けるかと思うほど、歯を食いしばった。

「なるほど、なるほど」ミロはいけ好かない口調でつぶやいた。

その言葉はヴァレンティノの背筋を溶岩流のように滴り落ちた。

「有名なパーティガールの王女さまが、夫の唯一の血縁者である取るに足りない男に挨拶するために足を運んでくれるとは、すばらしい！」

ヴァレンティノは、妻を見る父親の目が気に入らなかった。アリスティドが血縁者ではないかのように言ったことも。

しかし、彼が何か言ったり、踵《きびす》を返したりする前に、カルリッツが笑った。その不条理な笑いは世間によく知られていた。彼女の輝きの一つとして。

笑いがおさまると、彼女は言った。「異議あり、と言いたいところだけれど……」手を伸ばしてミロの腕をたたいて続ける。まるでジョークでも言うように。友だちを相手にしているように。「私は家族間の友好的ないさかいに目くじらを立てるタイプではないの。特に、シニョール・ボナパルト、あなたが私のことよくご存じならなおさら」

ミロは顔を曇らせた。「実のところ、私は多くのことを知っている」

カルリッツは秘密を打ち明けるように身を乗り出した。「それなら、私のことは〝殿下〟と呼ぶべきじゃないかしら」

それは彼女の口癖だった。自分の高貴な地位を揶揄《やゆ》しながら、自分が誰か覚えておくようにと釘《くぎ》を刺しているのだ。これほどミロを魅了し、同時に激怒させるものはないだろう。見事としか言いようがない。彼女はラス・ソセガダスのカルリッツ王女であり、自分の高貴さを知っていた。

カルリッツは再び笑い声をあげた。陰謀めいた微笑さえ浮かべ、ミロに見せたかったもの――王女としての栄光のすべてを見せた。彼女は相変わらず何も恐れていない。ミロも、ヴァレンティノのことも。

「そのほうがずっと、響きがいいと思わない、シニョール・ボナパルト？」

10

ミロ・ボナパルトは豚だった。絶対に美化することはできない。化粧を施したところで、この男は変わりはしない。ちっぽけで貪欲な悪意の塊。

彼みたいな男は常にそうであるように、残忍でもあった。ミロはカルリッツを貶《おとし》めようとしたが、彼女はそれをはねつけた。彼は致命傷となる毒針を彼女の体の奥深くまで刺す方法を見つけるまで、休みなく攻撃を続けるだろう。

カルリッツは、同じような男たちに何人も出会ってきた。そして、できるだけ早くその場を立ち去るのがいちばんだと、ずいぶん前に学んでいた。

「スパイシーだな」ミロは彼女の腕を取り、危険なまでに近づきながら言った。「気に入ったよ」

カルリッツは笑った。「ほんの少しのスパイスでも充分に効くみたい」彼女はそう言って、トリニダードに旅行に行ったとき、うっかりポットダグラの唐辛子を食べすぎてしまったという、たわいのない逸話を披露した。

彼女は笑い続けることで、ミロとの間に距離をおいたものの、ヴァレンティノのことを思うと胸が痛んだ。彼は父親の家にとどまることを余儀なくされ、打ちのめされているに違いない。

ミロは、人を囚《とら》われの身にすることに喜びを覚える男だった。彼は今日もそれを楽しみにしていた。彼は真新しい義理の娘を、ツアーガイドよろしく、古城のあちこちに連れていった。ヴァレンティノを苦しめたくて、思いつく限りのナイフを息子に突き刺しているのだ。

もっとも、ヴァレンティノはミロに満足感を与えなかった。少なくとも表面上は。とはいえ、いつもより緊張しているのは明らかで、ミロも気づいているに違いなかった。

だから彼女は、すっかり社交的な女性になっていた。それは彼女が得意としてきたことだった。その結果、姉に息抜きの時間を与えることができたのだ。ミロが何を考えていようが、気にしなかった。彼女にとって、ミロは彼女が恋に落ちた男性に過度な影響を与える、小さくて残念な標本にすぎなかった。

「昔は家の脇に花壇があったんだが」ミロがねちっこい口調で言った。「醜かったから、取り除いた」

カルリッツはその花壇には大きな意味があることを悟った。ヴァレンティノの顎が花崗岩《かこうがん》のようにこわばるのが見えたからだ。「残念ね。花は本来、美しいのに、醜くなるなんて、メンテナンスに問題があったんでしょうね」そして、フィラデルフィア、メルボルン、そしてチェルシーと、主要なフラワーショーを渡り歩いた話をした。ミロが耐えきれずに歩きだすまで。

「母が好きだった花なんだ」ヴァレンティノは低い声で言った。「放置して枯れてしまったが、父は自分で枯らしたことにしたいらしい。枯れた理由など、どうでもいいのに」

「いいえ、重要よ」カルリッツはいささか興奮した口ぶりで言った。「すべてが重要なの」

肖像画のギャラリーでは、ミロは亡き妻の肖像画をじっくりと眺め、いかにも悲しんでいるかのように振る舞ってみせた。それから、息子夫婦を居間に通し、ベルを鳴らして給仕スタッフを呼んだ。

年配の美しい女性が現れるまで、三人とも無言で座っていた。女性は黙ってコーヒーとビスコッティをテーブルに並べ始めた。明らかに自家製だ。しかし、カルリッツを引きつけたのは、その女性がヴァレンティノを見る目だった。憧れ？　後悔？　いずれにせよ、ヴァレンティノはなんの反応も示さなかった。

この女性がミロの家政婦で、アリスティドの母であるジネーヴラだと、カルリッツはすぐにわかった。どんなに傷ついても、ミロから離れない女性……。ヴァレンティノに料理を教えたのも彼女だった。

その後も張りつめ空気が和らぐことはなかった。そして、会話を装ったミロの狡猾《こうかつ》で侮辱的な独白の最中、ヴァレンティノはいきなり立ち上がり、帰ると告げた。

カルリッツは、外の急な石段をのぼりながら言った。「あの人は、私の姉とその統治、そして私の国そのものを侮辱した」

二人ともミロの家で窒息しかけたように、深呼吸を繰り返していた。

「私はあまりに美しかったので自動的に娼婦《しょうふ》にな

ったのか、ボナパルトの目に留まるほど美しくなかったのか、私にはわからなかった。でも、リンゴが木から落ちるのはその実が腐りきっている場合だけだ、と彼が言い始めたとき、彼は私を口説いているのだと確信したわ」

「そのとおり」

ヴァレンティノの声は険しかったが、カルリッツはそのことに注意を払う余裕はなかった。ミロから一刻も早く離れたくて、階段をのぼるのに必死だったからだ。「本当に、一歩引いて考えてみると、あの家での出来事は哀れな芸術作品だった。あれほどの侮辱の言葉が次から次へと積み重ねられていくなんて、見たことも聞いたこともない」

「すまない。きみを苦しめてしまった」

石段をのぼりきったところで、彼女はカーディガンを羽織った。日差しが強いからだ。山岳地帯にあり、季節の推移に気を遣う必要のない母国とは違うのだ。しかし、アルプス育ちの身にも、海から吹きつける骨まで刺すような風には免疫がなかった。

ヴァレンティノは寒さを感じていないように見えた。カルリッツは彼を見つめ、それから足を止めた。彼の中で何かが燃えているように見えたからだ。

「きみに理解してほしかったんだ」彼はカルリッツを見つめ返し、うなり声をあげた。「僕が何をしても、どこへ行っても、それがつきまとう。あの男が、僕が生まれてからずっと、僕たち家族全員が演じてきたあの葛藤劇が」

カルリッツは唖然《あぜん》とした。「ヴァレンティノ、私をミロに引き合わせたことを謝る必要はないわ」

「あの男は相手を知れば知るほど、その弱みにつけこんで、利用する。徹底的に」

そう言うヴァレンティノは荒々しく、何ものにも束縛されていないように見えた。これまで何度も見てきた抑制された彼とは明らかに違う。

「父と母が一緒にいると、いつも大惨事になった」彼は吐き出すように言った。「僕はそんな惨事を繰り返すまいと、全力を尽くしてきたんだ、カルリッツ。そのことに人生を捧《ささ》げてきたと言っても過言ではない。だが、いつか惨事は起きるかもしれない。僕はそれからきみを守ろうとして何度も警告したんだ、僕たちはどうにもならない、何も起こりえない、と。なのに、きみは聞き入れようとしなかった」

カルリッツは心の奥底で何かが震え始めるのを感じた。動揺を見せまいと、胸の前で腕を組む。そうすることで、この状況を改善できるかのように。けれど、それこそが問題なのではないかといぶかった。動揺しているのに、していないふりをすること、痛みなど感じていないふりをすることが。

カルリッツは初めて会ったときからヴァレンティノを愛していた。以来、その愛を行動に移してきた。彼はそれを知っている。そんなふりをする必要はさらさらない。そうでしょう？

「ええ」彼女は震える息を吐き出した。「なぜ私が聞き入れなかったか、わかる？」

「きみは自分が誰を相手にしているか理解していなかったからだ」ヴァレンティノは半島に向かって腕を振り下ろした。内も外も嵐に見舞われた、あの悲しい小さな家に向かって。「カルリッツ、あえてあそこにきみを連れていったこと、それこそが僕がきみに対して誠実であることのあかしだ。それでも、きみはまだ真実を受け入れようとしないようだ」

カルリッツは襲い来るパニックをしずめようとした。「あなたは私たちの間にあるのは性的なものだけだと偽り続けている。それでも誠実だと？」

「偽ってなどいない。セックスが、僕たちが享受できる唯一のものなんだ」

そう言って、ヴァレンティノは彼女に近づき、二の腕を取って引き寄せた。カルリッツの中には、それを喜ぶゆがんだ何かが潜んでいた。

けれどカルリッツは、ずっと前のローマでヴァレンティノこそ自分の求めている人だと確信したときから、彼が彼女のあらゆる部分に語りかけることができることを知っていた——今もなお。だから、自分が望んでいることのために戦わなければならないと、彼女は気を引き締めた。さもないと、二人の間に起きたことをなかったことにするため、ヴァレンティノは官能に訴えてくるだろう。いつものように。

カルリッツは両手を上げ、彼の胸の上に添えた。しかし、それは彼を受け入れるためではなかった。

「私はあなたの父親に会った」カルリッツは抑えた声で言った。「彼は孤独で意地の悪い老人のようだった。そういう老人はたいてい、近づいてくる者を敵と見なしてたたき、喜んでいる。そんな人を、なぜあなたが私たちのことと関連づけて考えるのか、私にはさっぱりわからない」

「僕の体には彼の血が流れているからだ！」ヴァレンティノは苦悩の叫びをあげた。「僕は父のようにはなるまいと最善を尽くしてきたんだ、カルリッツ。高潔な祖父を手本に、善人であろうと懸命に努力した。なのに、きみを嵐に巻きこんでしまった」

「あなたのしたことはそんなに悪いことかしら？」カルリッツは彼のこわばった顔を探った。「ヴァレンティノ、あなたが素顔で、ありのままの姿で私に接したら、どうなると思う？　たとえば、普通の夫婦や恋人たちのようにディナーに誘ったとしたら？　レストランに入り、おいしい料理を注文し、たわいのないおしゃべりに興じたら？」

「きみはまだわからないのか？」

彼の声は苦渋に満ちていて、カルリッツは同情の念に駆られた。できるものなら、彼の痛みを取り除いてやりたかった。しかし、今は彼の感情以上に、気にかけるべきことがあった。

カルリッツは、よくも悪くも一族が世代を超えて受け継いでいくものについて少しは知っていた。後継者と予備役。善人と悪人。自分には荷が重い責務を負わされた人たちの悲劇。そして、王冠の重み。

彼女は我が子には、何ものにも縛られない人生を望んでいた。ほとんどの母親と同じく。

「もし彼が自分の結婚生活を壊したように、息子の結婚生活を壊すのを許したら……」カルリッツはできる限り穏やかに言った。「ミロが勝ったことになる。それでもいいの？」

ヴァレンティノは彼女をじっと見つめた。無意識なのかそうでないのか、いずれにせよ、彼の顔には重苦しく暗い表情が浮かんでいた。結婚式で彼女を見つめたときと同じ表情が。あの七月の朝、もう二度ときみに会うことはないと告げたときの表情が。

「父は怪物だった」ヴァレンティノは荒々しい口調で言った。「母に心がときめかなくなると、彼は母を死に追いやった。弟と僕が今も生きているのは、兄弟が争い続けることが父の楽しみだからだ」

「だったら、彼に逆らって、弟さんと親友になればいいんじゃない？」彼女は冷静でよそよそしい声を出そうとしたが、うまくいかなかった。「結局のところ、アリスティド以上にあなたと共通点がある人はいないはずよ。二人がどんなふうに育ち、どんなことを背負っているか、知っているのはあなたとアリスティドだけでしょう？」

彼はボディブローを食らったかのように息をのみ、かぶりを振った。「父のような怪物に理屈や良識は通じないんだ、カルリッツ。そして、僕の中にも同じ怪物がいる。きみに対して僕がどう接したか、思い出すがいい。僕の欲望ときたら……」

カルリッツは信じられないとばかりに目を見開いたあと、弱々しい笑みを浮かべた。「セックスのことを言っているの？　あなたが私に教えてくれたことを？　私が大切に思っている情熱のことを？」

「僕も父と同じくらいゆがんでいる」ヴァレンティノは喉から絞り出すように言った。「きみへの狂おしいほどの執着がどこに行き着くか、僕は知っている。だが、歴史が繰り返されるのを、僕は許すつもりはない――断じて。カルリッツ、お願いだ、わかってくれ。ミロ・ボナパルトを毒しているものがなんであれ、僕の中にもある。同じ血が流れている以上は。そして一緒にいれば、また悲劇が生まれる」

二人とも息が荒かった。彼女の頭の中には、あまりにも多くのことが渦巻いていた。言いたいことのすべてが、感じたことのすべてが。けれど、それらを言葉にする代わりに、カルリッツは彼に近づいた。

雨が降りだしたが、まったく気にしなかった。

「私たちは今、岐路に立っている。左を見下ろせば、過去が見える。半島の端にある石造りの城が。そして、右手を見れば、あなたが建てた家がある。完璧にコントロールするために、あえて無機質にしている、荒涼として冷たい聖域が。その中なら、自分は安全だと思えるから」

「いや、安全だなどと思ったことは一度もない」ヴァレンティノは反論した。

彼は嘘《うそ》をついていないと、カルリッツにはわかった。彼は、避難場所として建てた家が、実はそうではなかったことに気づいていたのだ。

「そして、私はその聖域を汚してしまったのよね、ヴァレンティノ」カルリッツは差し迫った声で言った。「今そこは明るく、色彩と混沌《こんとん》に満ちている。もうすぐそこで子供も生まれる。そして、赤ちゃんはあなたの命令には従わないし、言うことを聞かないでしょう。泣いて、私たちの眠りを妨げるだろうし、あなたが誰かも、あなたがずっと昔にどんな約束をしたかも、まったく気にしない」彼女は目の前にある彼の胸を軽くたたいた。「そして父親を欲しがる。だから、あなたは選ばなければならない。闇と光のどちらを選ぶか、あなた次第よ」

ヴァレンティノは首を横に振ったが、彼女から離れはしなかった。「きみはこれを岐路だと、選択だと思っている。だが、これはすべて僕の中に存在しているんだ。僕が何を選ぼうと、僕についてまわる。そして、やがて、やがて――」

「やがて、何？」そう尋ねるカルリッツの目には涙が浮かんでいた。「自分をコントロールできないなら、世界のすべてをコントロールすることになんの意味があるの？　ヴァレンティノ、もしあなたがいずれ暴発することを心配しているなら、すぐにやめて。解決策があるから」

彼は大きく息を吐いた。「そんなに簡単なものじゃない」

「私はミロに会ったのよ。もう忘れたの？」カルリッツは反論し、彼のたくましい胸に手のひらを押し当てた。「彼が道徳的ジレンマに直面しているとは思えない。それがいいことか悪いことかはわからない。ただ、彼が偶然に今みたいになったのでないことはわかる。彼は明らかに残酷になりたがっている。あなたはそうじゃない。彼とは違うし、今後、彼のようになることもない」

カルリッツがこれほど真剣に言葉を発したのは、生まれて初めてだった。

「僕だってそう信じたい。だが、僕の心の奥底にいるもう一人の僕がいつもささやくんだ、おまえは怪物の息子だと」

「それはミロの声よ！」カルリッツは叫び、あとずさりした。なぜなら、二人の距離が近すぎ、絶大な効果を発揮する武器を使う寸前であることに気づいたからだ。ここで彼にキスをしたら、これまでのやり取りはなかったも同然になってしまう。すべてが以前とまったく同じになる。そのことを彼女は理屈抜きで知っていた。だから、カルリッツは身を引いた。彼に涙を見られても、震える姿を見られても、もうかまわないと思った。

あとは自分の真情を吐露するか、隠しておくか、そのどちらかだった。そして、隠す意味はないと結論づけた。

「あなたは自分のしていることを誇らしいと思っているようね」カルリッツは彼に触れたくてたまらなかったが、ぐっとこらえて続けた。「感情から自分を切り離せば、すでにそれを感じているにもかかわらず、避けることができる、コントロールできる、と。でもそんなのは嘘よ、ヴァレンティノ。自分をだますことはできるかもしれないけれど、私をだますことはできない。あなたの感じていることが本物だと知っているから。たぶん本能的に」

二人は同じ鎖で結ばれているとカルリッツは確信していた。この雨の中でも、その鎖がきらきら輝いているのが見えるくらいに。

「いくら感情を持っていないふりをしても、あなたは英雄にはなれない。臆病者になるだけ。それでも、あなたはこんな生き方を続けるの？」カルリッツは片方の手を腹部に当て、もう一方の手で彼を指差した。「遅かれ早かれ、あなたの息子は、父親は嘘つきの臆病者だと知るでしょう。そして、あなたのことを怪物だと思うようになる。それでいいの？」

雨脚が強くなり、風が二人に吹きつけた。カルリッツは、動物が苦痛を耐えているときのような声を彼が出した気がした。そして、彼に苦痛を与えた自分を憎んだ。だからといって、前言を翻すつもりはなく、さらに一歩下がり、彼の視線をとらえた。

「あなたが選択するのよ、ヴァレンティノ」彼女はそう言うなり、彼に背中を向けて、今は鮮やかな色彩にあふれた彼の聖域へと足を向けた。

この期に及んでも、ヴァレンティノは私への愛を認めようとしない。どんなにつらくても、私はその事実を正面から受け止めなければならない。

家に着くと、カルリッツはずぶ濡《ぬ》れの体をタオルで拭いた。何枚もの毛布にくるまり、お気に入りの居間の長椅子の上で丸くなる。鮮やかな黄色と青に塗られた壁を眺めながら自問した。もしヴァレンティノが感情面で私と子供から頑《かたく》なに距離をおこうとするなら、私はどうすればいいのだろう、と。

その答えを、カルリッツは知っていた。

私は彼のもとを去らなければならない。

たとえ、彼なしに生きていく未来がまったく想像できなくても。

11

ヴァレンティノは長い間、嵐の中にいた。

カルリッツの一言一言が雹《ひょう》のように彼を打ち続けた。そして石まで飛んできて、その一つが命中した。

彼女の言うように、僕の落ち度をすぐに指摘する、あの陰鬱な声は、僕の中に居座る父の声だったのだろうか？　ヴァレンティノは家族の歴史を思い浮かべた。僕自身がそう感じていたからなのか、それとも父が僕の気持ちを知っていて、一方的に僕を誘導していたのか？　弟は本当に僕を裏切ったのだろうか？　それとも、父がそう思わせたのか？

カルリッツの指摘は正しいのかもしれない。父への真の反抗とは、アリスティドと友人でいることだったに違いない。唯一の真の友人に。僕たちは互いに敬愛していた。それが父には気に障ったのか?

ふいに、別の思いが脳裏に浮かんだ。ジネーヴラが僕に示していた愛情や感情に関して、僕は何か決定的なことを見落としていたのではないだろうか? 報われるかどうかは気にかけず、ジネーヴラは父のもとにとどまる道を選んだ。その動機が愛であれ、償いであれ、彼女はためらわなかった。逃げなかった。そして、実の息子だけでなく、ヴァレンティノにとってもよき母親だった。当時の僕はほとんど理解していなかったが。

ヴァレンティノは、カルリッツがすでにどんな母親として振る舞ってきたか、そしてそれが彼の母親とどれほど違っているかを考えた。彼の母親はとてももろく、一貫して不安定だった。彼女は自分の中の悪魔と戦うことができず、悪魔と手を結んだ夫とも戦えなかった。ミロを相手に勝ち目はないからだ。とはいえ、彼女は挑む努力さえしなかったのだ。

その真実は稲妻となってヴァレンティノを打った。

もし母がカルリッツのような女性であったなら、ミロからあれほどのダメージを受けなかった。ただ笑って受け流し、去っていっただろう。そして間違いなく息子を連れて出ていったに違いない。

そう思うと、彼の中の何かが温かく、明るくなった気がした。そして、その何かが溶けていくにつれ、自分がけっして許さなかった種類の感情が大きな波となって胸に打ち寄せた。カルリッツとの間にあるものはセックスのみでなければならず、とりわけ彼がコントロールできるセックスでなければならないと信じていたにもかかわらず。

次の瞬間、ヴァレンティノは走りだした。雨の中を、闇の中を。途中で崖から飛び下り、必死に庭園を駆け抜ける。

あっという間に家に着き、ドアを開けると、そこは色彩であふれ、明るく、温かく、そして幸福感に満ちていた。

まさにカルリッツそのものだ。

ローマで目にしたときから、彼女は彼を家へと導く明るく熱い光だった。当時はそれを受け入れたくはなかったが。

ヴァレンティノは彼女の名を叫びながら、家中を走りまわった。スタッフたちが仰天しているのもまったく気にせずに。

何度も叫んだ挙げ句、またもスカーフのようなものに身を包んだ妻が階段の上に現れた。ただし、夫を誘惑するために選んだものではなく、毛布だった。彼の誤解でなければ、隠れるために選ばれたものだ。

活気にあふれ、華やかで明るいカルリッツが身を隠そうとしている——そんな思いにとらわれ、ヴァレンティノは胸を締めつけられた。

カルリッツが自分の愛を示すために、大胆な筆致で家を塗り替える一方で、ヴァレンティノは妻を、利己的な思惑から怪物に引き会わせたのだ。

今こそ、物事を正すときだった。

ヴァレンティノは階段をのぼった。そしてのぼりきると、しばらく言葉もなく彼女を見つめてから、膝をついた。

彼女は驚きの声、あるいは嗚咽《おえつ》のような声をもらした。彼の顔を包もうと手を伸ばしたとたん、毛布がずり落ちた。けれど彼女はかまわず、ヴァレンティノをじっと見た。なだめるかのように。

「僕はたった今、雷に打たれたんだ」真剣さが彼女にも伝わるよう願いながら、彼は切りだした。「僕の人生がどんなものだったか、きみは知っているはずだ。以前のこの家そのものだった。美しいけれど、冷たい。整然としているが、中身は空っぽで、殺風景だった。そして、きみがここに来た。色彩豊かな髪と、賢そうな目と、鋭い洞察力を持つきみは、僕のすべてを見透かした。なのに僕は、きみの色しか、外見しか見なかった。というより、見えなかった」

カルリッツが何かささやいたが、ヴァレンティノはすべて吐き出さなければならないとわかっていた。心の奥底に抱えこんでいたものに、二人を傷つけてきたものに、彼はうんざりしていた。

「のちに、きみは魔女だと僕は言った。僕の意思に反してきみに強制されたから。だが、そうではなかった。きみはとても聡明《そうめい》で、輝いている。僕はそんなきみに近づきたかった。きみが僕のことを温めてくれるかどうか知りたかった」ヴァレンティノは彼女を見つめた。「カルリッツ、僕は今、タブロイド紙で何年も読んできた二人のラブストーリーが欲しくてたまらない。僕たちを見れば誰もが気づくほど、きみを愛したい。きみを幸せにしたい。きみがそばにいてくれなければ、僕は一日たりとも幸せにはなれない」

「あなたに朗報があるわ」カルリッツは目を潤ませながら言った。「私たちは永遠に一緒にいようと誓ったの。だから、あとは実践練習が必要なだけ」

カルリッツが何を言っているのか、ヴァレンティノはすぐには理解できなかった。妻に冷たくあしらわれるかもしれないと心配していたのだ。

しかし十秒とたたずに、彼は理解した。

彼女は――妻は僕を愛しているのだ。カルリッツは許してくれた。僕への愛は健在だったのだ。

「そう言ってもらえてうれしいよ、カルリッツ」ヴァレンティノはかすれた声で言った。「きみが僕に、あなたはミロのような父親にはならないと断言してくれたときよりも」

ヴァレンティノは妻のおなかに手をやり、いつものように畏怖と尊敬の念を抱いた。

そして愛を。

「愛しているよ」ヴァレンティノはおなかの子にささやいた。我が子に。「きみを、僕だけが楽しむ病的な娯楽として利用するつもりはない。最善を尽くしてきみを幸せにする。そして約束する、僕はけっして怪物にはならないと」

カルリッツは身を震わせた。「あなたが怪物になるわけないわ」

ヴァレンティノはほほ笑んだ。「そう、きみは正しかった」

ヴァレンティノは立ち上がり、彼女を引き寄せて、結び目から解き放たれた奔放な髪を両手で撫《な》でつけた。そして、彼女の目の下を濡《ぬ》らす涙を丁寧に拭き取った。

「愛しているわ」カルリッツはささやいた。

「僕のお姫さま《ミア・プリンチペッサ》、無駄にしている時間はない。僕たちはすでに多くの時間を無駄にしたのだから。僕がずっときみを愛していたことを、今きみは知らなければならない。僕はきみを永遠に愛し続ける。きみが許してくれるなら、やり直したい」

胸の高鳴りを抑えながらやっとの思いで言い終えとき、ヴァレンティノはカルリッツの背後の壁に目をやり、妻の強さを思った。血まみれの傷ついた心をこんな形で描きだす計り知れない勇気を。

「それで？　カルリッツ、僕たちはやり直せるのかな？」

唖然《あぜん》としていた彼女の口元がほころび、明るい笑みが顔中に広がった。壁に塗られたどの色よりも明るい笑みが。

「ヴァレンティノ、私の返事はわかっているでしょう？」

12

彼らはまさにそうした。

二人とも新しく生まれ変わったかのように。

二人とも、あの夜ローマで起こったことを受け入れる準備ができたかのように。

だが、ヴァレンティノには、妻をより愛するために彼女のあらゆる部分を学び直すことのほかにも、注意を払うべきことがあった。

クリスマスの数週間前、彼は〈ダイヤモンド・クラブ〉で弟と会った。

「まるでストーカーみたいだな」アリスティドはいつものおどけた調子で言った。「わざわざロンドンまで来るなんて」

「息子が生まれる」ヴァレンティノはきっぱりと言った。驚く弟を尻目に続ける。「僕は彼にいとこの存在を知ってもらいたい。僕たちと同じように、あの島を自由に走りまわってほしい。そして、父をはじめとした過去のボナパルトのことは何も知らずに育ってほしい」

アリスティドは立ったまま、スタッフにウイスキーを頼むしぐさをしてから、ヴァレンティノの向かいに腰を下ろした。「これまでの経緯がなければ、兄さんが謝罪を始めたと思うかもしれない」

挑戦的な言葉に、ヴァレンティノはにやりとした。それから身を乗り出し、弟の視線をしっかりと受け止めた。「新たな始まりだと考えたい」もう長い間演じてきた役柄を捨て去った以上、身構える必要はないと思い、彼はほほ笑んだ。「もしおまえが受け入れてくれるなら」

アリスティドは兄をじっと見て、感情のこもった咳払《せきばら》いをしてからうなずいた。そのとき、ヴァレンティノは自分が緊張していたことに気づいた。

ヴァレンティノがカルリッツにその話をすると、彼女は泣いた。

カルリッツは残りの妊娠期間中、ずっと泣いていた。二人はほとんどの時間を島で過ごしたが、ヴァレンティノはしばしば、妻を島外の街へ連れ出した。そして最高級のレストランに入り、食事をしながらたわいもないおしゃべりに興じた。

「ほら、見て」手をつないでバルセロナの繁華街を歩いているとき、カルリッツがささやいた。「私たち、ごく普通の人たちみたい」

「そのとおりだ、殿下」

彼らの息子はすべてにおいて完璧な形で生まれてきた。そして、息子を心から愛し、彼に兄弟を授けることにした。次々と二人の息子が生まれ、彼らは三人兄弟になった。ヴァレンティノは彼らをミロから遠ざけ、まともな男になる方法を教えた。カルリッツは彼らに完璧な礼儀作法と彼女なりの機知を教える傍ら、いとこたちと島中を野生動物のように走りまわるよう促した。ちょうど夫とアリスティドが少年時代にそうしていたように。

子供たちのおかげで、二人の人生はいっそうすばらしくなったのだ。

ヴァレンティノは、色彩を楽しむことを覚え、カルリッツにふさわしい愛し方を学んだ。それは、少しも難しくはなかった。

むしろ努力を要したのは、自分を愛することだった。なぜなら、それは取りも直さず、彼自身の素顔を映し出す鏡となり、しばしば彼を惑わせたからだ。

だが、それにも治療法があった。

実の父親に対して感じていた恐怖とはまったく違う、子供たちが示してくれる愛情。そして二人きりになったとき、生まれたままの姿で愛し合う喜び。

セックスはもはやコントロールするものではなく、純粋に喜びを分かち合うと共に、矯正の手段ともなっていた。

人生はすばらしい。彼らはますます確信した。

歳月が流れ、ミロのような怪物でさえ死からは逃れられなかった。ヴァレンティノもアリスティドも、父の家に住むつもりはなかった。

「だが、燃やすわけにはいかないな」アリスティドが残念そうに言った。

ヴァレンティノは自らマッチで火をつけたい衝動に駆られつつも、うなずいた。「歴史的価値があるからな」

彼らは有意義な活用法を思いついた。児童養護施設につくり変えたのだ。卑屈になったり暴走したりしないよう、子供たちがのびのびと暮らせる施設に。

そして結局、ヴァレンティノ・ボナパルトは、苦難に屈せず、紆余《うよ》曲折《きょくせつ》を経て、自分で望んでいたとおりの善人になった。ミロ・ボナパルトのような怪物ではなく。可能な限り充実した人生を全うするという偉大な栄誉と共に。弟との和解という遺産と、父親同士の間に軋轢《あつれき》があったことなど知る由もない息子たちとそのいとこたちを残して。

もちろん、ヴァレンティノの傍らには常にカルリッツがいた。妻として同じ道を歩み、すべてを分かち合った。一歩一歩、すべての瞬間を。彼女がそこにいるだけで、何事もよりよいものになる。笑いのすべて、すべての喜びは、ローマでの一夜と、彼が見たこともない明るい光――カルリッツがもたらしたものだった。

二人で新たに家を建て、そこで毎朝目を覚ますたび、互いの愛とこの上ない幸福感に浸った。そんな日々が永遠に続くことを、彼らはみじんも疑わなかった。

ハーレクイン®

身重の花嫁は一途に愛を乞う
2025年1月20日発行

著　　者	ケイトリン・クルーズ
訳　　者	悠木美桜（ゆうき　みお）
発 行 人	鈴木幸辰
発 行 所	株式会社ハーパーコリンズ・ジャパン 東京都千代田区大手町 1-5-1 電話 04-2951-2000（注文） 0570-008091（読者ｻｰﾋﾞｽ係）
印刷・製本	大日本印刷株式会社 東京都新宿区市谷加賀町 1-1-1

ISBN978-4-596-71990-4 C0297

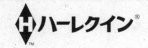

ハーレクイン・シリーズ 1月20日刊 発売中

ハーレクイン・ロマンス

愛の激しさを知る

忘れられた秘書の涙の秘密 《純潔のシンデレラ》	アニー・ウエスト／上田なつき 訳	R-3937
身重の花嫁は一途に愛を乞う 《純潔のシンデレラ》	ケイトリン・クルーズ／悠木美桜 訳	R-3938
大人の領分 《伝説の名作選》	シャーロット・ラム／大沢　晶 訳	R-3939
シンデレラの憂鬱 《伝説の名作選》	ケイ・ソープ／藤波耕代 訳	R-3940

ハーレクイン・イマージュ

ピュアな思いに満たされる

スペイン富豪の花嫁の家出	ケイト・ヒューイット／松島なお子 訳	I-2835
ともしび揺れて 《至福の名作選》	サンドラ・フィールド／小林町子 訳	I-2836

ハーレクイン・マスターピース

世界に愛された作家たち
～永久不滅の銘作コレクション～

プロポーズ日和 《ベティ・ニールズ・コレクション》	ベティ・ニールズ／片山真紀 訳	MP-110

ハーレクイン・プレゼンツ作家シリーズ別冊

魅惑のテーマが光る
極上セレクション

新コレクション、開幕！

修道院から来た花嫁 《リン・グレアム・ベスト・セレクション》	リン・グレアム／松尾当子 訳	PB-401

ハーレクイン・スペシャル・アンソロジー

小さな愛のドラマを花束にして…

シンデレラの魅惑の恋人 《スター作家傑作選》	ダイアナ・パーマー 他／小山マヤ子 他 訳	HPA-66

文庫サイズ作品のご案内

◆ハーレクイン文庫・・・・・・・・・・・・・・毎月1日刊行
◆ハーレクインSP文庫・・・・・・・・・・・毎月15日刊行
◆mirabooks・・・・・・・・・・・・・・・・・・毎月15日刊行

※文庫コーナーでお求めください。

1月29日発売　ハーレクイン・シリーズ 2月5日刊

ハーレクイン・ロマンス
愛の激しさを知る

アリストパネスは誰も愛さない 〈億万長者と運命の花嫁Ⅱ〉	ジャッキー・アシェンデン／中野　恵 訳	R-3941
雪の夜のダイヤモンドベビー 〈エーゲ海の富豪兄弟Ⅱ〉	リン・グレアム／久保奈緒実 訳	R-3942
靴のないシンデレラ 《伝説の名作選》	ジェニー・ルーカス／萩原ちさと 訳	R-3943
ギリシア富豪は仮面の花婿 《伝説の名作選》	シャロン・ケンドリック／山口西夏 訳	R-3944

ハーレクイン・イマージュ
ピュアな思いに満たされる

遅れてきた愛の天使	ＪＣ・ハロウェイ／加納亜依 訳	I-2837
都会の迷い子 《至福の名作選》	リンゼイ・アームストロング／宮崎　彩 訳	I-2838

ハーレクイン・マスターピース
世界に愛された作家たち
～永久不滅の銘作コレクション～

水仙の家 《キャロル・モーティマー・コレクション》	キャロル・モーティマー／加藤しをり 訳	MP-111

ハーレクイン・ヒストリカル・スペシャル
華やかなりし時代へ誘う

夢の公爵と最初で最後の舞踏会	ソフィア・ウィリアムズ／琴葉かいら 訳	PHS-344
伯爵と別人の花嫁	エリザベス・ロールズ／永幡みちこ 訳	PHS-345

ハーレクイン・プレゼンツ作家シリーズ別冊
魅惑のテーマが光る
極上セレクション

新コレクション、開幕！

赤毛のアデレイド 《ハーレクイン・ロマンス・タイムマシン》	ベティ・ニールズ／小林節子 訳	PB-402

※予告なく発売日・刊行タイトルが変更になる場合がございます。ご了承ください。